btb

Aus Freude am Lesen

btb

Buch

Die Geburt des Mädchens Lina verändert das Leben ihrer Familie. Während der Vater sich in sein Arbeitszimmer einschließt und die ersten stillen Wettkämpfe der Mädchen beginnen, gibt die Mutter sich anderen Männern hin und verlässt schließlich das Haus am See. Alleine zurückgelassen verschwören sich die Schwestern mit- und gegeneinander. Wer ist die Mutigere, die Begehrenswertere, wer schafft es als erste zu gehen? Als sie beim selben Mann herausfinden wollen, was Liebe ist, treibt das Spiel zwischen ihnen unaufhaltsam auf einen Abgrund zu. Rabea Edel schreibt von Getriebenen, die Waghalsigkeit mit Nähe und Schmerz mit Glück verwechseln. Präzise und hellsichtig seziert sie den fatalen Liebestanz der Schwestern und verleiht diesem Debüt einen seltenen poetischen und erzählerischen Glanz.

Autorin

Rabea Edel, geboren 1982, Studium der Italianistik und Literaturwissenschaften in Berlin und Siena. 2004 Preisträgerin des 12. Open Mike, 2005 Stipendiatin der Jürgen-Ponto-Stiftung. Für »Das Wasser, in dem wir schlafen« erhielt Rabea Edel den Kunstpreis Literatur Berlin-Brandenburg 2006 und den Nicolas-Born-Förderpreis 2007. Sie schreibt Prosa, sowie literarische Reportagen für verschiedene Zeitungen. Die Autorin lebt und arbeitet in Berlin.

Rabea Edel

Das Wasser, in dem wir schlafen

Roman

btb

FSC
Mixed Sources
Product group from well-managed
forests and other controlled sources

Cert no. GFA-COC-1223
www.fsc.org
© 1996 Forest Stewardship Council

Verlagsgruppe Random House FSC-DEU-0100
Das für dieses Buch verwendete FSC-zertifizierte Papier *Munken Print* liefert Arctic Paper Munkedals AB, Schweden.

1. Auflage
Genehmigte Taschenbuchausgabe Januar 2008,
btb Verlag in der Verlagsgruppe Random House GmbH, München

Umschlaggestaltung: Design Team München
Umschlagfoto: Photonica/Ryuichi Sato
Satz: Filmsatz Schröter, München
Druck und Einband: Clausen & Bosse, Leck
KS · Herstellung: BB
Printed in Germany
ISBN 3-442-73694-2

www.btb-verlag.de

Ich werde erst dann keinen Durst mehr haben,
wenn ich das Wasser bin.

JULIO CORTÁZAR

1.

Meine Schwester wurde auf einem Autobahnrastplatz zwischen zwei halbabgeernteten Weizenfeldern unter den von Vögeln schweren Kabeln der Starkstrommasten gezeugt, die Handbremse scheuerte in Mutters Rücken ein rotes Mal, das durch ihre weiße Bluse leuchtete und das ich eine Woche lang jeden Abend vor dem Zubettgehen mit Coldcreme einschmieren durfte, und als Vater viel zu schnell und mit geöffneten Augen kam, löste sich die Handbremse, und das Auto rollte einige Meter weit, stieß sacht mit der Kühlerhaube gegen den Stamm eines Baumes, der neben den Mülltonnen am Straßengraben seit Jahren dem Wind nachgab und sich krumm und alles andere als elegant in meine Richtung bog und dem Wagen standhielt. Es knirschte, Blech gegen Holz, das Auto blieb stehen, und Vater schloß die Augen.

Meine Mutter hatte alle Fenster hochgekurbelt und mich in den Schatten unter die Bäume gesetzt. Aus den Mülltonnen roch es süßlich. Ein Motorradfahrer bog auf den Parkplatz ein, klappte das Visier des Helms hoch, blieb auf der Maschine sitzen und betrachtete Mutters Handballen, die sie von innen gegen die Scheibe preßte, ihr helles Haar und den in der Autotür eingeklemmten langen geflochtenen Zopf.

»Eingeklemmt«, wiederholt Gregor und grinst.

»Ja, eingeklemmt«, sage ich und halte seinem Blick stand.

Wir sitzen auf der Veranda, Gregor hat seine nassen Kleider gewechselt, die mit Kreppband zugeklebten Fenster und alle Türen geöffnet, bis auf eine im oberen Stockwerk, und während ich von diesem Sommer erzähle, in dem Linas und meine Geschichte begann, im Monat der Schlammfliegen, die sich vom See her über das Dorf und später dann über die ganze Stadt legten, steht Gregor auf und läuft im Kreis auf der Veranda herum wie ein hungriges Tier.

»Setz dich«, sage ich, »bitte.«

Gregor läßt sich neben mir an der Hauswand herabgleiten, auf den Holzboden fallen und schüttelt den Kopf. Ich strecke ihm meinen pochenden nackten Fuß entgegen.

»Was soll das?«

»Ich habe mir einen Splitter eingetreten, vorhin«, sage ich.

Und während Gregor ohne Widerrede meinen Fuß in die Hand nimmt – »Du mußt ihn raussaugen, schau so«, sage ich und presse meine Lippen auf meinen Handballen – und seinen Mund auf meinen linken Fußballen drückt, weiß ich wieder, daß das Thermometer in der Küche zweiunddreißig Grad zeigte, am frühen Morgen schon, als wir losfuhren, und daß Vater mit dem Fingerknöchel einige Male prüfend dagegenklopfte und wartete, daß es wieder fiele; so unvermutet, zusammenhangslos und weit entfernt dieser Gedanke auch von uns beiden, hier auf der Veranda meines Elternhauses, ist, so unvermutet, weil wir nicht wissen, was wir hier zu suchen haben, was zu tun ist und was zu unterlassen und warum ausgerechnet Gregor und ich, warum gerade wir beide übrig sind.

Die Häuser versanken in einem braunen Teppich, der von den Bewegungen der Insekten flimmerte. Sie stiegen von den Algen im See hinter den Schrebergärten auf, setzten sich auf Fensterscheiben und Werbeschilder, überzogen die Kuppelgläser der Straßenlampen und die Gehsteige, und binnen weniger Minuten und ohne daß man sich versah, verschluckte man die Insekten, die einem in Mund und Nasenlöcher flogen, die Augen tränten vom Herauswischen abgerissener Flügel und Chitinteilchen, und Vater ließ die Scheibenwischer über das Glas laufen, bis er durch die Schlieren aus zerquetschten Insekten die Straße nicht mehr sah, den Blinker setzte und auf den Rastplatz einbog. Unsere Nachbarn fegten mehrmals am Tag die Gehwege vor den Häusern, die Terrassen und Veranden, sie putzten jeden Morgen die Fenster, um durch die Scheiben in den anderen Gärten nach dem Rechten sehen zu können, aber die Plage hielt an, und nach drei Wochen kehrten auch sie nur noch die toten Fliegen zusammen, so wie Vater, und füllten die Mülleimer damit.

Ich mußte pinkeln. Mutter hielt mich über dem Feld ab, ihr Zopf baumelte über ihre Schulter und schlug mir ins Gesicht. Sie setzte mich unter die Bäume in den Schatten, hockte sich ebenfalls ins Gras, zog den Slip wieder hoch, ließ den Rock über die weißen Knie fallen.

»Warte hier, ja?« sagte sie, und im Vorbeigehen zupfte sie mir einige Fliegen aus dem Haar. Dann lief sie zum Auto, schaute einmal nach rechts und links, setzte sich mit hochgezogenem Rock auf die Rückbank und schlug die Tür zu.

So begann unsere Geschichte. Linas und meine. Sie begann im Juli, im Monat der Schlammfliegen, zwischen den durch den Wind verbogenen Bäumen am Straßengraben und den Hochspannungsmasten, auf deren Leitungen die Vögel schaukelten, auf der anderen Straßenseite ein Traktor, der Furchen in die trockene Erde zog, und das einzige Geräusch, das mir von diesem Moment in Erinnerung geblieben ist, ist das Knirschen von Metall auf Holz. Ich habe Mutters Atemkreise an der Scheibe gesehen, Mutters starren Blick über meinen Kopf hinweg auf einen fernen Punkt weit hinter mir im Feld, aber ich habe außer diesem Knirschen, als der Wagen gegen den Baum links von mir rollte, nichts gehört, während ich mir die Fliegen aus den Augen wischte.

An einem Nachmittag sechseinhalb Monate später fiel das Licht als breiter, alles sich in diesem Licht Befindlichen einander angleichender, heller Strom in den Garten, über das von Vater mit Sand von der benachbarten Baustelle aufgeschüttete Viereck mit Schaukel und gleichermaßen auf die Terrasse und in das darüberliegende elterliche Schlafzimmer, in dem meine Mutter seit Stunden leise wimmerte und gegen den Schmerz anatmete.

Die Abendsonne wärmte nicht, es war Anfang Februar. Ich saß auf der Schaukel, kniff die Augen zusammen und schlenkerte mit den Beinen.

Am Morgen noch hatten wir nebeneinander am Zaun gestanden, Mutter hielt eine Hand um das Holz gepreßt, zwischen ihren Fingern blätterte der Lack vom Zaun, weiß und in langen Splittern, und wir spielten »Ich sehe was, was du nicht siehst«, aber Mutters Augen waren wäßrig, an den Rändern gerötet, sie war unruhig und müde und fand meine Farben nicht. Sie holte ein paarmal tief Luft. Lina trat in ihrem Bauch um sich, und Mutter nahm meine Hand und drückte sie auf die kleine Rundung unter ihren Brüsten.

»Ich spüre da nichts«, sagte ich, zog meine Hand weg und wandte mich dem verlassenen Vogelnest zu, das ich in der Frühe in der Efeuwand unseres Hauses entdeckt hatte, die Jungen darin mit weit aufgerissenen Schnäbeln, keine Amsel weit und breit.

»Rot und gelb?« sagte sie und schüttelte den Kopf.

»Ja, ganz einfach«, sagte ich, »gib dir Mühe!«

»Ich weiß es nicht, Schatz«, sie gab mir einen Kuß auf die Stirn, »du hast gewonnen, ja.«

Im Nest drängten die frisch geschlüpften Jungen die Köpfe zusammen, sie streckten ihre spitzen roten Zungen in die Luft, Mutter atmete mit einen langem Pfeifen aus, und Vater holte uns hinein, nachdem ich zehnmal und ohne Mühe gewonnen hatte.

Wir setzten uns um den Küchentisch, Vater kochte Tee, stellte mir Kuchen hin, rückte seinen Stuhl an Mutter heran und hielt ihren Bauch mit beiden Händen, als wollte er ihn forttragen. Mutter lächelte darüber und strich ihm wie einem Kind durchs Haar. Ich zerteilte den Mürbeteigboden mit der Gabel, schob die Krümel zu kleinen Haufen und zählte das Knacken in der Heizung, um Mutters unterdrücktes Stöhnen nicht zu hören. Mutter stand auf, der Stuhl kippte um, sie lief im Kreis um den Küchentisch, die eine Hand in die Wirbelsäule, die andere gegen Linas kleinen Kopf unter ihrer kaum gewölbten Bauchdecke gedrückt, und von hinten sah man ihr nicht an, daß sie meine Schwester austrug. Mutter summte.

»Mariechen saß weinend im Garten, in den Armen ihr totes Kind, der Matrose, der hat sie verraten … mhmhmhmh, mmh, mhmh …«

Vater runzelte die Stirn. Er streckte eine Hand nach Mutter aus, aber sie wich ihm aus, lief weiter im Kreis um uns herum und lächelte.

»Ich trage deine Schwester aus«, das sagte sie, seit sie sich entschlossen hatte, den blauen Streifen auf dem Testgerät nicht mehr ignorieren zu können, nachdem sie, eine Stunde lang im Badezimmer über die Kloschüssel gehockt, immer und immer neue Plastikstäbchen in ihren warmen Urin gehalten und die Ergebnisse nebeneinander auf der Heizung aufgestellt hatte, um zu prüfen, ob sie alle, wirklich alle, den gleichen dunkelblauen Streifen zeigten. Und dieses Austragen klang wie eine Aufgabe, ein Fortbringen von einem Ort an einen anderen.

»Freust du dich nicht?« hatte Vater damals, die Arme

um Mutters Taille geschlungen, leise gefragt, er hatte sich hinuntergebeugt, und Mutter hatte den Kopf gedreht, so daß sein Kuß ihre Wange verfehlte.

»Doch, natürlich«, hatte Mutter geantwortet, »und ich werde froh sein und erleichtert, wenn es vorüber ist.«

Vater hatte gelacht und seine Hände gelöst.

»Natürlich wird es ein Mädchen, was sonst?« hatte Mutter auf Vaters Blick hin hinzugefügt und ihn ernst und ein wenig trotzig angesehen.

Drei Wochen lang schwieg meine Mutter, sie wusch sich nicht, aß nicht, trank literweise Kamillentee, den Vater ans Bett brachte. Der Fernseher lief ohne Ton, und Mutter schlief davor oder las erst ihre alten und dann meine Kinderbücher, blätterte wahllos in Magazinen herum, schnitt Kochrezepte und Modetips aus den Zeitschriften, die sie achtlos neben das Bett fallen ließ, und ab und zu legte Vater mich zu ihr auf die Überdecke, und ich schlief neben ihr ein.

Vater nahm Urlaub. Er verbrachte die Nächte auf dem ausgezogenen Sofa im Wohnzimmer, tagsüber kratzte er Tapeten von den Wänden, verputzte und strich, zog Dielen ab und lackierte das Holz, bis es glatt war und glänzte.

Kam Vater an Mutters Bett, kroch ich auf seinen Schoß, und Mutter zog die Bettdecke bis unter das Kinn.

»Bist du dir sicher?« fragte er, und Mutter nickte.

»Gut«, sagte Vater und machte sich daran, mein Kinderzimmer in einem hellen Gelb zu streichen, und weil

Vater zuviel Verdünnungsmittel nahm und die Farbe in Augen und Nase biß, blieb ich in diesem großen Bett und rollte mich neben meiner Mutter auf Vaters Seite zusammen. Ich legte meinen Kopf auf Mutters Bauch und spürte, wie Lina unter der Bauchdecke nach meinem Kopf griff. Ich hielt die Luft an, wartete, bis Mutters Bauch oder meine Schwester darin den Impuls zum Einatmen gab, unwillkürlich und beruhigend, und atmete so, wie ich dachte, im Rhythmus meiner Mutter und meiner Schwester zugleich, bis sie mich wegschob, zur Seite rollte und auf der Stelle leise zu schnarchen begann.

Nach drei Wochen war der Spuk vorbei.

Mutter stand auf, stellte sich in die Dusche, drehte das Wasser auf, kam mit rotglänzender Haut und lächelnd nach einer halben Stunde aus dem Badezimmer, eingewickelt in ein großes Frotteetuch, und Vater legte mich in das gelb leuchtende Zimmer, öffnete das Fenster, schloß die Tür, und sie schliefen zum erstenmal wieder miteinander, stumm und gierig und ohne Erwartungen, und Lina drehte sich in Mutters Bauch, so fest und unerwartet, daß sie leise aufschrie.

Gregor nimmt seinen Mund von meinem Fuß, er spuckt neben sich auf die Veranda, sieht mich an und hält meinen Knöchel fest.

»Woher willst du das wissen?« sagt er.

»Weil sie es mir so erzählt hat«, sage ich.

Gregor dreht den Kopf. Es regnet, ein dünner Schleier überzieht den Garten, den Wald, der am Ende des Gartens hinter unserem Zaun beginnt. Durch die Bäume kann man den See sehen, ein paar blaugraue Ausschnitte, die verschwimmen, wenn man sie zu fixieren versucht.

»Soll ich dir ein Pflaster holen?« fragt er.

»Nein«, sage ich, »du sollst hier sitzen bleiben und mir zuhören.«

»Sollten wir nicht lieber –«, setzt er an, und ich schüttele den Kopf.

Gregor verstärkt seinen Griff um meinen Knöchel.

»Laß meinen Fuß los«, sage ich.

Er drückt zu und schaut mich an.

»Gregor.«

»Ja?«

»Was soll das?«

»Erzähl weiter«, sagt er und lächelt weich; sein Lächeln, auf dem ich ausrutsche.

Sechs Monate später saßen wir in der Küche. Vater stellte das Radio an, nahm meine Mutter am Arm und schob sie die Treppe hinauf.

Draußen auf der Schaukel wippte ich zu Mutters Wimmern mit den Füßen und versuchte mich auf meine Schwester zu konzentrieren. Ich sah das Katzenjunge vor mir, das der Nachbar am Tag zuvor in der Regentonne ertränkt hatte, ich sah sein verklebtes Fell, und ein süßer Geruch wie von Katzenpisse stieg mir in die Nase. Auf der Tonne lag seit dem Morgen ein runder Holzdeckel mit einer Öffnung für das Regenrohr, ich hielt die Schaukel mit den Füßen im Sand an, ich kaute an meiner Wange und stellte mir das Katzenjunge vor, das am

Boden in grünem Moos und Schimmel lag, die Augen geschlossen, Wasser atmend.

Vater beugte sich aus dem Fenster im ersten Stock und winkte. Die Sonne war hinter dem Wald versunken, und in der Dämmerung erkannte ich sein Gesicht nicht sofort. Ich lief durch das Blumenbeet über die Veranda ins Haus, im Vorbeigehen zog ich meine Jacke aus und deckte das Nest zu, damit die Vögel nicht frören.

Ich klopfte meine Schuhe ab, lief die Treppe hinauf, es war still, so daß man die Stufen knarren hörte, im Schlafzimmer hatte Vater das Fenster wieder geschlossen und die Vorhänge zugezogen, der runde Lichtschein der Nachttischlampe warf Schatten in die Zimmerecken. Mutter sah mich ausdruckslos an. Zwischen ihren Brüsten lag meine Schwester, in ein dünnes Handtuch und Alufolie gewickelt, sie hatte die Augen geschlossen und atmete durch den offenen Mund. Mutter bewegte sich nicht. Ich blieb in der Tür stehen, aber Vater lachte und gab mir einen Stoß in den Rücken, so daß ich in dem Augenblick zum Bett stolperte, als Lina die Augen öffnete und mich mit ihrem gelben Blick ansah.

Das ist das erste Bild, das ich von Lina habe. Die gelben Pupillen, die erst mit der Zeit nachdunkelten, und der rote Haarflaum auf ihrem Kopf, auf Schultern und Armen, der sie zwei Monate lang warm hielt. Als er ausfiel, war die Haut, die darunter zum Vorschein kam, weiß und glatt, mit durchscheinenden Venen, so wie die Haut unserer Mutter.

Ich stellte mich damals regelmäßig an ihr Kinderbett, setzte einen Kugelschreiber an und malte die Bahnen und Verästelungen auf den Armen und auf ihrem Kopf nach. Die Mine drückte in Linas Babyspeck, sie verzog nur den Mund, hielt still.

Eine Woche nach Linas Geburt stand Mutter das erste Mal am Fenster und starrte in den Garten, bewegungslos und einen ganzen Tag lang. Über dem Vogelnest schwirrten die Fliegen, die Amsel saß blickweit entfernt auf einem Ast. So gesehen war es Linas Schuld.

2.

Das Fenster war halb geöffnet, und Mutter stand gerade so dicht vor der Scheibe, daß ihre Haut das Glas nicht berührte. Ab und an zog etwas Wind durch den Spalt und bewegte die feinen Haare an ihren Schläfen, die jetzt, nachdem meine Schwester auf der Welt war, in einer selbstverständlichen Geste, gerade so, als habe sie lange darauf gewartet, von Mutter mit der Nagelschere abgeschnitten worden waren und nur noch die Ohrläppchen knapp bedeckten. Sie hatte Vater gezwungen, die Haare im Nacken mit dem Rasierer zu kürzen, so daß er ihm jetzt, wenn sie so am Fenster lehnte, zu zart und stoppelig, zu hell und eigenständig fremd im Gegenlicht erschien, als daß er dem Bedürfnis nachgekommen wäre, die Hand auszustrecken und den Nacken unserer Mutter zärtlich zu berühren. Diese eine Geste nur erschien ihm als unausführbar.

Das erzählte er mir später, als wir einmal zusammen dort im Wohnzimmer saßen. Vater wischte sich mit den Händen durchs Gesicht, als müßte er Nase und Augen und Mund wieder an den rechten Platz rücken, sah mit einem ruhigen, in sich gekehrten Blick in den Garten hinaus und erzählte.

Nur wenn Mutter einige Male schwankte, das Gewicht von einem Bein auf das andere verlagerte, oder gegen Abend und wenn das Licht die Bilder, die sie dort draußen im Garten wohl sah, nach Innen in die überheizten vier Wände des dicht an dicht mit alten Möbeln, Vasen und persischen Teppichen angefüllten Wohnzimmers verlagerte, Erbstücke unbekannter Verwandter und Flohmarktkäufe von Vater, lange bevor er unsere Mutter kennengelernt hatte, und wenn sie müde wurde und für wenige Minuten nur die Augen schloß, legte sie ihr Gesicht an die Fensterscheibe und drehte sich dann zu ihm um.

Vater, der an diesem Nachmittag zum erstenmal seit langem doch die Hand nach ihrem Nacken ausstreckte, ließ sie sinken, erwiderte Mutters Blick und schob die Hand von hinten unter ihr kurzes schwarzes Kleid, das sich glatt und unscheinbar ihrem schmalen Körper anpaßte. Mutter senkte den Blick und starrte Vaters Arm zwischen ihren Beinen an. Vater hob den Kopf, atmete ein, aber er sagte nichts, sondern hielt die Luft an und schaute in Mutters helle Augen. Die Farbe verschwand nach und nach, und anstelle des dunklen Taubenblaus war die Iris mittlerweile hellgrau, die Schatten unter den Augen schminkte sie am Morgen mit Make-up über.

»Als würde die Farbe aus deinen Augen herauslaufen«, sagte Vater und zog die Hand weg, bevor Mutter ihn darum bitten konnte.

Die Fettabdrücke, die Mutter am Glas hinterließ, verwischte ich mit den Händen. Manchmal kopierte ich mir den Abdruck ihres Gesichtes, ich legte Butterbrotpapier auf das Glas und fuhr mit einem Bleistift die Umrisse nach. In der Kommode am Fußende meines Bettes sammelte ich die aufgeschnittenen Tüten, bis eine Schublade voll war.

Lina und ich standen hinter Mutter im Wohnzimmer an die Heizung gelehnt, wir saßen vor dem Fernseher und guckten Trickfilme und Talkshows, oder wir zählten die Minuten, bis Mutter sich bewegte, das Gewicht verlagerte, ihr Haar hinters Ohr strich. Lina und ich nannten es schlafen, aber ich wußte, daß Mutter nicht träumte, wenn sie am Fenster stand und uns nicht hörte, egal, wie laut wir auch über sie sprachen. Meist wurde es Lina langweilig, und sie quengelte und rutschte so lange auf ihrem Hintern herum, bis ich sie rauswarf. Lina streckte mir die Zunge raus, rannte die Treppe hinauf und warf die Tür hinter sich zu. Ich beobachtete Mutter.

Kam ich mittags aus der Schule, stand sie wieder am Fenster. Sie aß nach uns.

»Setz dich zu uns«, bat Vater, »den Kindern zuliebe.«

Er stellte Blumen auf ihren Sitzplatz, aber Mutter schob sie lächelnd in die Tischmitte und sah uns beim Essen zu.

Ich wartete darauf, daß sie sich nach mir umdrehen würde. Ich ging in das Zimmer über ihr und stellte mich dort an das Fenster, um zu sehen, was sie sah, aber da war nichts. Ich lief hinaus in den Garten, ohne Jacke und barfuß, und setzte mich in den nassen Laubhaufen, den Vater zusammengekehrt hatte, ich hoffte, sie würde mich hineinholen und in den Arm nehmen, aber ich konnte ihr Gesicht durch die Scheiben nicht sehen. Wenn es dunkel wurde, ging ich hinein und schaltete das Licht an, und das Fensterglas spiegelte mein helles Haar, das hinter Mutters Rücken über die Sessellehne fiel. Ich harrte stundenlang aus in dieser Position. Vater betrachtete mich kopfschüttelnd, wenn er vom Arbeitszimmer durch das Wohnzimmer in die Küche lief und Kaffee kochte, er knallte laut mit den Schranktüren und ließ den Wasserhahn in der Küche laufen, damit ich aufstehen würde, aber die Geräusche störten mich nicht.

»Dummchen«, sagte er im Vorbeigehen zu mir.

Wenn das Licht brannte, lächelte mir Mutters Gesicht in der Scheibe plötzlich zu, und ich stand auf und umarmte sie von hinten.

»Wo ist Lina?« fragte sie dann.

Zu meiner Einschulung hatte Mutter mir ein Kleid mit Blütenmuster genäht, den Stoff hatten wir zusammen in der Stadt gekauft, Lina saß neben dem Tisch auf dem Boden und kaute auf ihrer Unterlippe herum, sie beobachtete jeden von Mutters Handgriffen, und zwei Tage lang war unser Haus voller Geräusche: das Klacken der Schreibmaschine aus Vaters Arbeitszimmer, das helle Klingeln, wenn er eine Zeile geschrieben hatte und den Wagen zurückschob, das Rattern der Nähmaschine. Mutter hielt die Stecknadeln zwischen den Lippen, während sie den Papierschnitt auf den Stoff übertrug. Ihre Wangen waren gerötet, sie zupfte an mir herum, steckte Falten ab und korrigierte, als ich das fertige Kleid anprobierte, zeigten die Köpfe der Blumen nach unten.

»Wenn du es nicht willst, nehm ich es«, sagte Lina, so selbstverständlich wie sie ein Jahr später, als wir uns längst an die Frau am Fenster gewöhnt hatten, an ihre

Bewegungslosigkeit und an ihr Schweigen, die Treppe hinunterkam und die Nadel vom Plattenspieler riß, den Vater ohrenbetäubend laut gestellt hatte. Die Posaunen und Oboen, die Trompeten und Pauken brachen ins Zimmer, Mutter drehte den Kopf nicht, Vater ging in die Küche und schloß die Tür hinter sich. Die Fensterscheiben vibrierten, und Lina, in Unterhemd und kurzen Frotteeshorts, kam die Treppe hinunter, ging langsam und geradewegs auf den Plattenspieler zu, streckte die Hand aus und riß die Nadel zur Seite. Dann war es still, auf der Platte ein daumenlanger Riß. Vater öffnete die Küchentür und starrte auf diesen Riß und auf Lina, die ruhig und klein neben dem Tisch stand und seinen Blick erwiderte. Dann schlüpfte sie unter Vaters Arm hindurch und lief in den Garten.

Ich setzte mich neben sie auf die Veranda. Lina saß sehr gerade, die Schultern durchgedrückt, mit erhobenem Kinn, und ließ ihren linken Fuß auf und ab wippen, ihre Finger fuhren über das Holz, immer wieder über dieselbe rauhe Stelle, bis ich ihre Hand festhielt.

»Paß doch auf«, sagte ich, »du holst dir noch einen Splitter.«

Lina sah mich an und nickte. Ihr Fuß tippte gegen das Holz, »Klack« machte es, »klack, klack«, und Lina lächelte.

Meine Schwester war so schweigsam wie unsere Mutter seit Linas Geburt. Sie hatten die gleiche weiße, an Handgelenken, Schläfen und Beinen durchscheinende Haut, unter der die blauen Venen schimmerten, und so, wie Mutters Augen an Farbe verloren, dunkelten die Augen meiner Schwester jeden Tag ein wenig mehr nach, in ein Grün hinüber, das klar war und tief und dunkel. Lina hatte schmale Handgelenke und Finger, wir legten die Handflächen aneinander, verglichen die Größe und probierten Mutters Ehering an, der in einem Porzellanaschenbecher auf dem Fensterbrett lag. Vater hatte ihn verkleinern lassen, aber immer wieder fiel der Ring von Mutters Finger. Er blieb im Aschenbecher liegen, zwischen angestaubten Blütenblättern, die vor sich hin trockneten und bei der leichtesten Berührung zerfielen, das Silber lief schillernd an.

»Kein Gold«, hatte Mutter zur Hochzeit gesagt, »Gold bringt Unglück!«, und sie hatte darauf bestanden. Vater hatte den von der Großmutter geerbten Ring in die hinterste Schreibtischschublade gelegt, obwohl er wie angegossen an ihrem Finger saß.

Keinem von uns paßte der Ehering.

Wir sahen uns nicht ähnlich, auch wenn Mutter uns die gleichen Kleider kaufte. Lina wuchs so schnell, daß wir eine Zeitlang dieselbe Kleidergröße trugen. Weil Mutter wollte, daß wir uns ähnlich würden, kämmte sie jeden Morgen im Badezimmer an Linas Haaren herum, sie zog den Kamm durch die Locken, bis sie kraus waren und alles andere als glatt um Linas Kopf abstanden, und Lina hielt still, weil sie das auch wollte.

3.

Zu oft habe ich meine Mutter beobachtet und mich gefragt, wo sie gerade ist, in welcher Zeit und mit wem, und zu oft wußte ich darauf keine Antwort. Sie zu fragen, traute ich mich nicht. Müßte ich eine Farbe für ein Bild meiner Mutter auswählen, dann käme nur eine einzige in Frage: grau, wie das Gefieder der jungen Amseln, die gegen das Fenster flogen, an dem meine Mutter stand, weil die Tiere das Glas mit dem Himmel, der sich in der Scheibe spiegelte, verwechselten.

Mutter muß sich an diesen langen Tagen am Fenster neu erfunden haben, dann erprobte sie sich in der Wirklichkeit.

Sie verreiste an einem trüben langen Tag Ende Februar. Sie packte die dünnen Blusen und darauf ein Paket Kleenex, zwei Lippenstifte und ein Photo von Lina und mir in einen Koffer.

»Wann kommst du wieder?« fragte Vater.

»In einer Woche«, sagte Mutter, gab Lina und mir einen Kuß auf den Mund, Vater einen auf die Wange und stieg in das Taxi, nicht ohne das Versprechen von Mitbringseln jeder Art. In der Kühltruhe stapelten sich Fertigpizzen. Vater schickte Lina einkaufen: Brot, Gemüse, Kaffee und Milch, und schloß die Tür zu seinem Arbeitszimmer.

Am Abend rief der Lebensmittelhändler an, Lina sei

bei ihm. Ich fuhr mit dem Bus in die Stadt. Lina saß auf dem Gehsteig, zwischen Holzkisten mit verdorbenem Obst und altem Brot, es regnete, ihre Füße steckten in den braunen Ledersandalen, die ich im Jahr zuvor getragen hatte, bis sie fast auseinanderfielen, Lina bog ihren großen Zeh nach oben und unten, immer rauf und runter, und starrte in einen offenen Gullyschacht. Als Mutter zurückkam, erzählten wir ihr nichts davon.

Nachts klingelte das Telefon. Ich ging in den Flur und nahm den Hörer ab.

»Ja?« sagte ich.

»Hab ich dich geweckt?« fragte Mutter. »Wieso bist du noch wach, du solltest längst schlafen.«

»Ich weiß«, sagte ich.

»Ich hab Heimweh«, sagte Mutter leise.

»Mama«, sagte ich. Sie atmete in den Hörer. Meine Füße wurden kalt. Im Haus war es still, draußen fuhr ein Auto den Kiesweg entlang, es regnete, das Licht der Schweinwerfer warf Wasserschatten an die Wände, hielt kurz an, bevor das Auto um die Hausecke bog, und verschwand.

»Geh ins Bett. Gutnacht«, sagte sie und legte auf.

»Gutnacht«, sagte ich in das Besetztzeichen aus dem Hörer, irgendwo schlug ein Hund an. Dann war es wieder still.

Im Bett sah ich auf die Uhr, es war zwanzig nach drei, Lina drehte sich im Schlaf von mir weg auf die andere Seite. Seit ich sie vor dem Gemüseladen abgeholt hatte, schlief sie wieder in meinem Bett. Sie warf wie selbstverständlich ihr Kopfkissen zu mir hinüber und kroch unter meine Decke, drehte sich ein-, zweimal herum, bis sie die richtige Position gefunden hatte, und verschwand auf der Stelle im immer gleichen fernen Schlaf, aus dem sie nur manchmal sekundenweise erwachte und mich unter halbgeöffneten Lidern ansah, um dann zurück in den gerade begonnenen Traum zu gleiten. Ihre kalten Füße wurden an meinen Beinen nach und nach warm, und jedesmal nahm ich mir vor, sie am nächsten Abend in ihr eigenes Bett hinüberzutragen, aber ich brachte es nicht übers Herz. Lina schlief so selbstverständlich ruhig neben mir, daß ich sie nicht wecken konnte.

Als Mutter zurück war, schloß sie die Tür zu Vaters Arbeitszimmer und schickte uns früh hinauf. Ich lag im Bett und lauschte auf die Stimmen im Stockwerk unter mir, die irgendwann in ein regelmäßiges Stöhnen übergingen, das jedesmal abrupt endete. Mutter kam barfuß die Treppe hinauf, ging ins Bad, ich hörte die Klospülung, Mutter wickelte Klopapier ab, es raschelte, sie putzte sich zum zweitenmal die Zähne, und am Morgen lächelte Vater sie über den Frühstückstisch hinweg an. Mutter erwiderte seinen Blick nicht.

Eine Woche später, um Viertel nach zwölf an einem Montagmorgen, saß ich mit Mutter in der hintersten Bank der Kirche am Dorfrand. Sie behielt ihren Mantel an, vorne vor dem Altar knieten zwei Frauen, mit hängenden Schultern und eingeknicktem Nacken, den

Blick auf den Altar und das darüberhängende mannshohe Kreuz erhoben. Mutter hielt die Augen geschlossen, sie schwitzte in ihrem Wintermantel, der Geruch ihres Deos stieg mir in die Nase, so daß ich nieste und Mutter mich in den Arm zwickte. Wir blieben eine Stunde dort sitzen. Als die zwei Frauen sich mühsam erhoben, die gebeugten Knie streckten, die Mantelkragen zurechtrückten und aus der Kirche gingen, öffnete Mutter die Augen, als habe sie nur darauf gewartet, mit mir in der Kirche alleine zu sein. Sie stand auf, zog mich zum Seitenaltar und drückte mir eine Kerze in die Hand. Ich zündete sie an den anderen Lichtern an, auch wenn ich nicht wußte, für wen, und ob dieses Licht überhaupt eine Wirkung haben konnte, wenn man kein Geld in die Holzbox unter den Kerzenreihen warf. Kurz standen Mutter und ich nebeneinander und schauten in die zitternden Kerzenflammen, bis das Wachs begann, auf die Lichter darunter zu tropfen.

Draußen vor der Kirche spuckte sie auf den Boden, zog ihren Mantel aus und legte ihn über den Brunnenrand, in dessen Mitte eine steinerne Marienfigur grünes flaumiges Moos ansetzte. Im Sommer floß aus ihren Händen das Wasser, das um diese Jahreszeit als knöcheltiefe Brühe im Becken stand. Mutter legte eine Wange auf meinen Scheitel, zog die Luft durch die Nase, strich mir eine Strähne hinter das Ohr. Sie setzte sich auf den Brunnen, ein paar Sonnenstrahlen brachen durch die Wolkendecke, auf dem Dach der Kirche paarten sich Tauben, sie flatterten umeinander und ruckten die

Köpfe, eine Feder segelte zu Boden. Ich blieb vor Mutter stehen.

»Ich kann euren Vater nicht mehr ansehen, wenn er nackt ist«, sagte Mutter, beschirmte die Augen mit einer Hand und blinzelte in die Sonne. »Kannst du ein Stück zur Seite gehen«, sagte sie und schob mich nach links. Ich dachte daran, wie sie und Vater früher nackt nebeneinander im Badezimmer vor dem Waschbecken standen und sich die Zähne putzten, einträchtig wie zwei Kinder, und an Vaters Geschlecht, das er gegen das kalte Porzellanrund drückte. Die Badezimmertür stand weit offen, ich saß auf dem Treppenabsatz und wartete, daß mich einer von ihnen ins Bett bringen würde. Mutters Brustwarzen waren dunkel und groß, ihre Brüste hingegen so klein, daß sie nie einen BH trug. Mutter spuckte die Zahnpasta ins Becken, spülte nach, und in einer plötzlichen Geste legte sie beide Hände um ihre Brüste und bot sie Vater dar.

»Ich bemühe mich so«, sagte Mutter, zog mich neben sich auf den Brunnenrand und kämmte mit ihren Fingern mein Haar. Ich saß stumm dort neben ihr auf dem Kirchenvorplatz, während sie erzählte, wie es war, mit einem Mann zu schlafen, der nicht unser Vater war. Sie beschrieb sein Gesicht, die Hände, wie sich beim Lachen der eine Mundwinkel mehr als der andere nach oben ziehe, wie er neben ihr im Bett nach dem Sex die Zigarette kurz anleckte, bevor er sie anzündete, und wie sie auch ein paar Züge nahm, weil das ihr Ritual war, ihr Kopf auf seinem Bauch und seine leichten Zigaretten danach, und wie sie jedesmal husten mußte dabei.

»Aber ich habe eurem Vater etwas versprochen«, sagte sie, stand auf und zog ihren Mantel an.

Ich lief neben ihr her und wartete auf den zweiten Teil des Satzes, sie schob die Hände in die Manteltaschen.

»Und, was willst du zum Abendessen?« fragte sie.

Wir liefen den Weg hinunter durchs Dorf, in den Fenstern flimmerte blaues Fernsehlicht, es dämmerte, ich schob meine Hand in Mutters Manteltasche, und erst an der Gartenpforte löste sie meinen Griff und blieb stehen. Sie schloß die Haustür auf, und schon kam Lina die Treppe hinunter.

»Wo wart ihr so lange?« fragte sie und sah mich verärgert an.

Ich merkte mir ganz genau, was Mutter erzählte. Ich konnte die Haar- und Augenfarben ihrer Männer, denn es waren mehrere, auseinanderhalten, kannte ihr Alter und die Berufe, und nur weil Lina bettelte, erzählte ich ihr später einige der Geschichten. Häufig stand ich am Morgen in der Frühe auf, stellte mich ans Fenster, in meinem Kopf überlagerten sich die Traumreste von Mutters Erzählungen, und ich war mir nicht mehr sicher, was wirklich von ihr stammte und was ich mir selbst dazuerfunden hatte. Im Stockwerk unter mir stand schon unsere Mutter und hauchte Kreise auf das Glas. Das Knacken der Dielen verriet mich, als ich meine Füße aneinanderrieb, und Lina wachte auf und sah mich an.

Zwei Tage später stellte ich mich neben Mutter ans Fenster.

»Wie hast du das gemeint?« fragte ich. »Vorgestern.«

Mutter sah hinaus in den Garten. Als es draußen dunkler wurde, machte ich Licht im Wohnzimmer, Vater schaltete den Fernseher an, und Mutter drehte sich um und rief nach Lina.

»Ihr solltet nicht soviel fernsehen, das macht euch noch ganz wirr im Kopf«, sagte sie mit einem Seitenblick zu mir und zog meine Schwester an sich. Lina nickte ernst und schielte zu mir hinüber, nickte ein weiteres Mal und schnitt eine Grimasse, als ich aus dem Zimmer ging.

4.

Lina setzte ihren staubigen heißen Fuß auf meinen nackten Schenkel. Ich schob ihn weg, meine Schwester schaute mich an, öffnete den Mund, im Nachbargarten sprang der Rasenmäher an, Lina zog die Nase hoch, sie brauchte meine volle Aufmerksamkeit.

Sie trug das Kleid, um das ich sie beneidete, gelb, mit roten Nähten und aufgesetzten Taschen auf dem Rockteil, der beim Laufen weit um die Beine schwang. Wir bekamen die Kleider von Verwandten, die wir nie sahen, geschickt, und meine Schwester war immer die erste, die das Packpapier aufriß und die Kleider in zwei Haufen sortierte. Lina nahm sich die roten und gelben, ich bekam die blauen und grünen und dazu noch die Farben, die übrig waren.

»Sie sind doch fast gleich«, sagte Mutter dann, »und Gelb paßt gar nicht zu dir.« Wir schauten uns an, Lina erwiderte trotzig meinen Blick.

»Du darfst nicht böse sein«, sagte sie später, wenn wir alleine im Garten saßen, und runzelte die Stirn. Lina musterte mich, sie studierte meine Brust. »Laß mich mal anfassen«, sagte sie, ich schob sie weg, stand auf und ging ins Haus. Vor dem Spiegel im Schlafzimmer zog ich an meinem Kleid herum, das viel zu kurz und unter den Achseln zu eng war, ich konnte kaum die Arme nach vorne nehmen. Ich zog das Kleid aus, nahm eines der frisch gebügelten Hemden aus Vaters Kleiderschrank, schlüpfte hinein und krempelte die Ärmel hoch. Ich legte mich auf das Bett und vergrub meinen Kopf in der Armbeuge, die beruhigend sauber nach Waschpulver und Stärke roch. Draußen ließ Lina den Basketball gegen die Hauswand springen.

Ich lag auf der gleichen Seite, auf der ich vor Linas Geburt lag und jeden Nachmittag meiner Mutter beim Verstummen zugesehen hatte, auf dem Bett, auf dem sich Mutter wochenlang neben Vater von ihm wegschlief; irgendwann zog Vater auf das Sofa um, aber weil es zu kurz war und die Federn bei jeder Bewegung quietschten, stellte er ein Reisebett in sein Arbeitszimmer und verbrachte die Nächte dort, mit angezogenen Knien, wie ein Gast im eigenen Haus.

Am Morgen erwachte er mit schmerzenden Gliedmaßen.

Durch den Türspalt der Schranktüren sah ich einmal, wie der Besuch sich Mutters weiße Beine über die Schultern legte. Ich saß im Schrank, weil es gewitterte, ich zwickte mich in den Arm, um nicht einzuschlafen und hinauszufallen, die Tür schloß nicht mehr richtig, ein Streifen Licht fiel neben meine Füße auf Vaters Hemden und Mutters Winterpullover, die in ordentlichen Stapeln auf dem Schrankboden lagen und auf denen ich saß, mein Gesicht an Mutters Röcke gelehnt, die von der Kleiderstange herabhingen.

Mutter zog ein frisches Laken auf. Ich sah ihren Rükken, die raschen und diesmal weichen Bewegungen, mit denen sie das Laken glattstrich, ich sah den Rücken des

Mannes, der gerade noch seinen Kopf zwischen Mutters Beinen vergraben hatte und der sehr schmal war, am Hals zog sich ein rotes Muttermal bis über die Schulter. Vorhin, als das Unwetter begonnen hatte und erste Hagelkörner gegen die Fenster schlugen, hatte der Mann Mutter ins Zimmer getragen, sie lachten, und Mutters Stimme klang wie Linas.

»Schscht«, machte Mutter, schloß die Zimmertür und zog sich aus. Im Schrank roch es nach dem Parfum, das sie gegen Motten über die Kleider verspritzte.

Jetzt zog der Mann sein Hemd wieder an, stopfte es in die Hose, gab Mutter einen Kuß auf die Stirn und ging. Unten schlug die Haustür zu, dann hörte ich seine Schritte auf dem Kies, die sich schnell entfernten. Mutter wartete eine Weile, dann ging auch sie hinunter. Eine Stunde später kam Vater von der Arbeit, und ich kletterte aus dem Schrank. Mutter kämmte an Linas Haaren herum, Lina ließ es sich gefallen, sie hatte den ganzen Nachmittag geschlafen. Ich malte mir vor dem Spiegel die Lippen rot, ich putzte meine Schuhe und zog eines von Vaters Hemden an, krempelte die Ärmel auf, zog eine Jeans darunter, Mutter glättete Linas Locken, hob den Blick und lachte. Mit einem Stück Toilettenpapier wischte sie mir die Farbe von den Lippen.

Am Abend lag Lina in den frischen Laken in Mutters Arm.

»Lina, ich geh jetzt ins Bett«, sagte ich.

»Gleich«, flüsterte sie. Nur wenn Lina in Mutters Armen lag, hatte sie Geduld.

Gregor läuft durch den Garten an den Waldrand und bleibt dort ununterscheidbar zwischen den Baumstämmen stehen. Er hat die Hände auf den Zaun gelegt, den Kopf gehoben und sieht in den Wald hinein.

Er hält es nicht aus, wenn ich von meiner Schwester erzähle. Und ich halte es nicht aus, wenn ich dabei in sein Gesicht sehen muß. Ich drücke die Finger auf meine Augenlider, wenn Gregor mir gegenübersitzt, bis rote und gelbe Punkte tanzen und ihn, sobald ich die Augen öffne, für wenige Minuten überdecken. Aus dem Wald ruft ein Kuckuck. Ich stehe auch auf, weil ich es nicht aushalte, hier zu sitzen und nichts zu tun.

»Ich halte das nicht aus«, rufe ich, »hörst du, ich halte das nicht aus!«, aber Gregor dreht sich nicht einmal um.

In meiner Vorstellung steigt Gregor in Gummistiefeln, die er zuvor aus dem Ruderboot am Ufer geholt hat, aus dem Wasser des Sees, zündet sich eine Zigarette an, wirft einen langen Blick auf die Wasseroberfläche. Als hätte er einen Stab, den er dort ins Wasser halten könnte, wo er die Luftblasen gesehen hat, Gärungsblasen. So wie es der Bademeister tat, der Lina und mich mit einem Stab zum Beckenrand zog, wenn wir keine Luft mehr bekamen, weil wir beim Schwimmen falsch atmeten. Immer wieder steigt Gregor aus dem See, dreht sich um, zündet die Zigarette an, inhaliert einige Züge und hält dann prüfend inne, schaut auf die Stelle, wo ihn zuvor etwas Großes, Weiches gestreift hat, das wegwaberte, als er danach trat.

Weiter komme ich nicht.

Es gibt eine ungerade Anzahl von Bildern, die ich vor

meinem inneren Auge abrufen kann. Einige sind gestochen scharf, andere ohne Farbe, aber auf allen Bildern kommt meine Schwester vor. Als ich hier ankam, ist Gregor durchs Haus gelaufen, hat alle Fenster und Türen geöffnet, nur die Tür zum Zimmer meiner Schwester blieb geschlossen. Er stellte sich auf die Veranda, zog seine nassen Kleider aus und ließ sie dort, wo er gerade stand, einfach fallen. Ich betrachtete seinen nackten weißen Hintern und seinen Rücken, Gregor ging, ohne sich umzudrehen, ins Haus und kam in Vaters Hemd und Hosen zurück, beides aufgekrempelt, weil die Kleider zu groß sind. Auf den Holzbrettern der Veranda bildet sich eine Pfütze um seinen Kleiderhaufen.

Die Bilder laufen hintereinander weg durch meinen Kopf, zurück bleibt der Geschmack von Amalgam und Blut, weil ich auf der Unterlippe kaue und die Haut aufgerissen ist.

»Ungerade Zahlen bringen Unglück«, sagte Mutter einmal, als sie Vater dabei beobachtete, wie er auf dem Lottoschein nur solche Zahlen ankreuzte.

»Lina und ich sind ungerade, wir sind nicht teilbar«, rufe ich Gregor zu, der dort im Hemd unseres Vaters am Waldrand steht, mit dem Rücken zu mir, so als ginge ihn das alles nichts mehr an.

Mutters gepackte Koffer standen die ganze Zeit unter dem Bett. Sie muß sie morgens, in aller Frühe, als es still war im Haus und wir alle noch schliefen, hervorgezogen haben. Sie muß die Einschulungsphotos von Lina und mir aus dem Rahmen genommen und zu ihren Kleidern gepackt haben, die Bilderrahmen hingen später leer an der Wand, als hätte es diesen Tag im Leben meiner Schwester und mir nicht gegeben, und umrandeten nur ein helles Stück Tapete, an dem die Farbe nicht ausgeblichen war von der Sonne, die morgens ins Wohnzimmer fiel und Lichtreflexe auf die glatten Oberflächen der Tische, Schränke und Bilder warf. Mutter muß nur ein Paar Schuhe eingepackt habe, die schwarzen Halbhohen, denn die Schuhspanner lagen neben den anderen Paaren, von denen keines sonst fehlte. Es waren die Schuhe, die Mutter am längsten schon und fast jeden Tag trug. Sie wird ihren Wintermantel mitgenommen und vielleicht oben auf den Koffer geschnallt haben, weil es viel zu warm war an diesem Tag, ungewöhnlich warm, schon um halb acht, als Lina und ich aufstanden, ins Bad gingen, uns die Zähne putzten, zeigte eines der Thermometer, die Vater überall an den Fenstern im Haus verteilt hatte, zwanzig Grad. Mutter ging, als Lina und ich uns das Frühstück selber machten. Wir stellten den Wekker rechtzeitig, standen nach dem zweiten Klingeln auf, wuschen die Haare über der Badewanne im Wasserstrahl des Duschkopfs, wir konnten Schnürsenkel binden und Nudeln kochen, wir hatten gelernt, danke zu sagen und beim Lügen die Finger hinter dem Rücken zu kreuzen, wir konnten Busfahrpläne lesen und unsere Köpfe beim Brustschwimmen unter Wasser tauchen, wir vergaßen unseren Haustürschlüssel nicht, und wenn uns jemand nach unserem Alter fragte, gaben wir vor, wir seien Zwillinge.

»Zweieiig«, fügte Lina ernst hinzu.

An dem Tag als Mutter ging, war es warm, und das Haus schien, ohne sie, nicht leerer als sonst zu sein. Sie ging, und die Zeit lief einfach weiter; Mutter hinterließ keinen Zettel auf dem Küchentisch oder verabschiedete sich in irgendeiner Weise von uns, auch wenn Lina später behauptete, sie habe sie nachts in der Tür zu unserem Zimmer stehen sehen und daß sie ans Bett gekommen sei, um uns zu küssen oder durchs Haar zu streichen, eine dieser hilflosen Gesten, ohne die kein Abschied auskommt, aber ich bemerkte nichts und glaubte Lina nicht; so wie ich ihr nicht glaubte, wenn sie sagte, sie habe Vater nichts erzählt von unseren Geschichten.

»Ihre Koffer standen die ganze Zeit unter dem Bett«, sage ich zu Gregor, »keiner von uns hat das bemerkt.«

»Und? Was hätte das geändert?« sagte er.

»Vieles«, sage ich, »nein, nichts.«

5.

An einem Tag Ende Januar, zwei Wochen nachdem Mutter gegangen war, sah ich zum erstenmal, wie meine Schwester sich auf das Eis legte. Ich ging hinunter zum See, die Kufen der Schlittschuhe waren rostig und machten braune Flecken auf meine Hosenbeine, Lina kam mir nach. Sie stand oben auf dem Weg, zwischen den Bäumen, in denen wir mit Mutter einmal nach Eulen gesucht hatten, die angeblich mit geschlossenen Augen in den Ästen der Kiefern saßen und nachts über unser Haus hinweg ins Feld flogen, um nach Mäusen zu jagen.

»Ich hab sie mir anders vorgestellt«, sagte Lina damals, »irgendwie böser.«

Lina lief den Waldweg hinunter und stellte sich neben mich auf den Eisrand des Sees, in den Äste und Schilf eingefroren waren.

»Das Eis knirscht unter den Füßen wie Schneckenhäuser, die man zertritt«, sagte Lina und lächelte schief. Ich bohrte meine Hacken ins Eis, drehte mich auf der Stelle. »Hör auf«, sagte Lina, »es bricht«, und ihre Augen waren ganz klein und grau dabei. Ich nahm sie an der Hand, wir fuhren los, bis in die Mitte des Sees, wo das Eis dunkelgrün war und voller heller Luftblasen. Es klopfte und knirschte, wir standen still und lauschten. Und dann legte Lina sich flach auf das Eis und drückte ein Ohr auf den gefrorenen See. Ihr Haar fiel in Strähnen über ihren Rücken und über die Wangen und legte sich rot auf das grüne Eis.

»Hörst du das?« sagte sie. »Er ruft mich.«

»Wer?« fragte ich.

»Der Klabautermann«, sagte Lina.

»Hast du schon mal daran gedacht, daß wir –«, sagte Lina und brach ab.

»Was«, sagte ich.

»Nichts«, sagte sie und schüttelte den Kopf.

Lina lag auf dem Eis, bis die Sonne hinter den Dächern der Schrebergartenhäuser stand.

»Lina«, sagte ich, »du frierst fest. Lina, dann müssen wir dein Ohr abschneiden und das halbe Gesicht gleich mit. Lina. Steh auf!«

Die Sonne verschwand hinter dem Wald, die Kälte des Eises kroch die Hosenbeine hinauf, ein Spaziergänger blieb stehen, sein Hund pinkelte auf das Eis, bellte zu uns hinüber und rannte ans Ufer zurück.

Lina sammelte Steine, legte sie um ihr Bett und sagte: »Das ist der See.« Lina blätterte im Biologiebuch und lernte die Namen der Fische: »Aal – Anguilla anguilla, Bachneunauge – Lampetra planeri, Graskarpfen – Ctenopharyngodon idella, Hecht – Esox lucius, Kaulbarsch – Gymnocephalus cernuus, Kleiner Sandaal – Ammodytes tobianus – Tobiasfisch.« Lina ging aufs Eis, und ich folgte ihr bis ans Ufer. War Neuschnee gefallen, trat ich in ihre Fußspuren und wartete mit einer Decke auf sie. Sie legte sich immer in die Mitte, auf die grüne Fläche, man hätte sie mit einem großen Ast verwechseln können, mit einem Tier, das ausruht. Das Glucksen des eingeschlossenen Wassers war am Ufer zu hören, ein paarmal wagte ich mich hinaus, aber ich erkannte schnell, daß meine Vorsicht unnötig war, ich hätte mich neben sie stellen können, sie hätte mich nicht bemerkt.

Meine Schwester rückte ihren Tagesablauf in gerade Bahnen. Sie stand morgens zur immer gleichen Zeit auf, stürzte zwei Gläser Leitungswasser hinunter, verbrachte genau eine halbe Stunde alleine hinter abgeschlossener Badezimmertür, pünktlich um zwei saß sie nach der Schule im Bus, aß einen Naturjoghurt mit den Einwegeislöffeln, die sie im Supermarkt aus der Kühltruhe klaute, sie fuhr zum See, und am Abend zupfte sie sich vor dem Zubettgehen eine bestimmte Anzahl an Wimpern aus, pustete sie flüsternd vom Finger und ging um zehn, spätestens elf Uhr schlafen. Im Kühlschrank hatte sie ihr eigenes Fach mit Joghurts, einer Packung Paprika in Ampelfarben, Schokolade mit siebzig Prozent Kakaogehalt. Nur ob die Wünsche auch immer die gleichen waren, wußte ich nicht.

Vater streute Asche gegen das Glatteis, ich schob den Eimer hinter ihm her. Ab und zu blieb Vater stehen, schaute auf die Straße, es dämmerte, in den Nachbarhäusern gingen die Lichter an, und Lina tauchte zwischen den Bäumen am Waldrand auf, kletterte über den Gartenzaun und ging ins Haus.

»Du kümmerst dich um deine Schwester«, sagte Vater, »du bist die ältere«, sagte er.

»Ich weiß.«

»Gut«, sagte Vater, »wirf noch ein bißchen von der Asche hierher.«

Er verteilte den grauen Staub auf dem Gehweg mit gleichmäßigen Besenstrichen.

Lina wurde zu meinem Gegenpart, auf den ich sämtliche Bemühungen richtete. Ich ließ sie unter meine Decke, ließ es zu, daß Lina ihre Hände auf meine Brüste legte. »Wie fühlt sich das an?« sagte sie ernst. »Du mußt es mir ehrlich sagen.«

Wir übten Zungenküsse in der warmen Höhle aus Kissen und Bettüberwurf, wir zählten bis drei, Lina preßte ihre Lippen auf meine, schob ihre Zunge in meinen Mund, bewegte sie hin und her, ihre Spucke schmeckte süß, nach der Schokolade, die sie vorher gegessen hatte, ich hielt die Luft an und atmete erst aus, als meine Schwester sich aus den Kissen emporkämpfte und lächelnd auf den Rücken fallen ließ.

Und als der Sommer dann kam und mit ihm die Mückenschwärme, die in fetten dunklen Wolken über dem See hingen, tauschte Lina ihre Jeans und das T-Shirt gegen einen alten Badeanzug von mir, der ihr zu groß war und an den Beinausschnitten fast ihren Schritt entblößte, ihren kleinen runden Po, sie setzte sich eine Gummikappe auf und schwamm einmal quer von einem Ufer ans andere und wieder zurück. Mit jedem Tag blieb sie länger im Wasser, sie trainierte, bis sie es zehnmal von einem Ufer ans andere schaffte. Sie schwamm ruhig und präzise, mit geschlossenen Fingern und gestreckten Füßen, und sogar noch im Herbst, wenn das Wasser am

Morgen eine dünne Eishaut trug, ging Lina in den See, kurz nur noch und mit klappernden Zähnen. Und wenn sie abends oder frühmorgens den Weg neben den Schrebergärten zum Wasser hinunterlief, konnte ich sie nicht ausmachen zwischen den Bäumen und der Oberfläche des Sees, weil meine Schwester sich dünn und biegsam dem Wald anpaßte, zwischen den Mückenschwärmen verschwand, die über dem Ufersand hingen, und weil ihr Haar sich im Herbst den wenigen Laubbäumen anglich, die entlang der Schrebergärten standen und ihre Blätter färbten, für zwei, drei Wochen, bevor sie sie abwarfen.

Einige Male wartete ich auch im Schwimmbad vor den Umkleidekabinen, im Chlorgeruch, der aus den Waschräumen, der Schwimmhalle und den Toiletten drang, auf meine Schwester, weil Vater Lina, als der Herbst schon weit vorangeschritten war, verboten hatte, ins Wasser zu gehen. Aber er achtete nicht darauf, ob sie das Verbot einhielt, und so stand ich ein paar Tage später wieder am See, Lina tauchte, das Wasser beschrieb immer weitere Kreise, die von dort ausgingen, wo sie kopfüber verschwunden war, und ich hatte Angst, sie würde irgendwann einmal auf dem Grund des Sees bleiben und einfach vergessen aufzutauchen, um Luft zu holen. Im Schwimmbad stand ich vor dem Panoramafenster, durch das man, wie in einem Aquarium, in das Becken hineinsehen konnte. Lina drückte ihr Gesicht an die Scheibe, stieß Luftblasen durch die Nase, und ihr Gesicht sah grün aus und verzerrt.

Bis Lina zwölf und ich fünfzehn war, gab es keinen Schlammfliegensommer mehr, erst in dem Jahr, in dem Mutter ging, wuchs in den Algen im See die nächste Generation von Insekten heran, und weil der Juli verregnet war, der August und September auch und zuvor ein harter Wind ging, übersahen wir die wenigen Cluster, die an Baumrinden und Fensterüberdachungen hingen. Lina und ich saßen hinter dem Haus, unter dem Dach der Terrasse, in Korbstühlen, die bei jeder Bewegung quietschten, und aßen Kirschen.

»Was uns geschieht, geschieht allen«, sagte Lina, dabei hielt sie die Augen starr auf einen Punkt in der Ferne über dem Wald gerichtet und kaute auf einer Haarsträhne herum, sie beobachtete die Vögel, die sich zwischen den Wolkenbrüchen in die Luft warfen, »und Hände vergessen nicht, sie wird noch wissen, wie sich unser Haar anfühlt, aber sie wird damit nichts mehr anfangen können, mit diesem Gefühl«, sagte sie.

Das waren die einzigen Sätze, die Lina an so einem Tag sprach. Auf meine Gegenfragen antwortete sie nur mit einem Schulterzucken.

Weil unsere Mutter keine Spuren hinterließ, versteckte ich Photos und Schmuckstücke im Haus und rund um den See hinter den Schrebergärten. Es waren Photos, die unsere Mutter als Kind zeigten, in hellen Kniestrümpfen und Kleidern aus Wolle, die Haare dünn und blond zum Pagenkopf geschnitten, mit kleinen Spangen an der Stirn, das Lächeln zaghaft, die Augen weit aufgerissen, als könnte sie sonst nichts sehen. Ich schob diese Bilder zwischen den Efeu an der Rückwand unseres Hauses, hob Steine am Seeufer an und legte meine lächelnde Mutter darunter, und dabei hatte ich das Bedürfnis, ihre kleine Gestalt aus den Photos heraus in die Hände zu nehmen, ihr dabei zuzusehen, wie sie erwachsen wurde, wie die Nase gerade wurde und lang, das Kinn ausgeprägter, wie ihre Haare wuchsen. Sämtliche Kinderbilder, die ich von ihr im Haus fand, schaffte ich hinaus. Nach wenigen Tagen schon setzten die Photos Schimmel an, die Hälfte der Bilder verschwand, und eine Woche später stand ich am See und sah einem Schilfhuhn dabei zu, wie es eine Photographie aus dem Ufergrün klaubte und zum Bau seines Nestes im Schnabel davontrug.

Fünf Jahre später fand ich auf dem Fensterbrett der Anglerhütte, die einem Freund unseres Vaters gehörte, ein Silberarmband mit einem schmalen Plättchen, in das Mutters Mädchenname eingraviert war, wieder. Gregor und ich waren um den See gelaufen, ich wußte von Vater, hinter welchem Holzbalken der Schlüssel für die Eingangstür hing, wir tranken den Schnaps, der auf einem Brett über dem Kohleherd stand, ich verschluckte mich und hustete, und ehe die Wärme in meinem Magen ankommen konnte und ich es mir anders überlegen oder in Mutters Armband irgendein Zeichen sehen würde, das ich nicht verstand, schob ich das Schmuckstück in meine Hosentasche. Einige Tage trug ich es mit mir herum, dann warf ich es in den Müll. Gregor lachte darüber, als ich ihm davon erzählte, und fuhr mir mit der Hand über den Rücken, als wollte er nur kurz etwas vom Boden aufheben.

Lina und ich saßen hinter dem Haus. Wir aßen Kirschen.

»Du hast es mitbekommen, oder?« fragte ich.

Lina deutete ein Schulterzucken an, sie hob den Kopf, spitzte die Lippen und spuckte den Kirschkern in den Garten.

Im Dorf erzählte man sich, unsere Mutter habe reich geerbt und sei ohne Koffer, ohne irgendetwas, in den Zug gestiegen. Sie hätte die erstbeste Gelegenheit zur Flucht genutzt.

»Das hätte ich auch so gemacht, nur die Kinder«, sagte die Verkäuferin im Lebensmittelladen und zupfte an ihren blondierten Haaren.

Man erzählte sich diese Geschichte in der Kirche nach der Andacht, an der einzigen großen Kreuzung, wo die Frauen unter braungeblümten Regenschirmen standen, im Lebensmittelladen am anderen Ende des Dorfes. Ich ordnete Pfandflaschen in Getränkekästen und sortierte das faulige Obst aus, stand hinter den Regalen und hörte zu.

Vater summte an dem Tag, an dem Mutter ging, vor sich hin. Er wiederholte den Namen unserer Mutter und unsere Namen, variierte die Silben und glitt ins Flüstern hinab, wenn Lina oder ich ins Zimmer kamen. Er sagte die Namen auf wie eine chemische Formel, als könnte er sonst vergessen, wer die Kinder waren, die ihn anstarrten, die eine Erklärung erwarteten oder ein warmes Abendessen, als könnte er vergessen, welche Frau er in den letzten Jahren manchmal im Schlaf umarmt hatte.

Wenn einer aus dem Dorf uns von da an auf Mutter ansprach, dachten wir uns Geschichten aus.

»Sie ist zur Erholung in die Berge gefahren«, sagten wir, »gestern kam eine Ansichtskarte des Hotels, es hat vier Sterne, wollen Sie es sehen?« Wir erfanden Städtenamen und gaben den Kindern, die sie in fernen Ländern unentgeltlich unterrichtete, exotisch klingende Namen. Lina stand neben mir, hob eine Augenbraue. »Diese Arbeit macht sie sehr glücklich«, sagte sie, und die Leute ließen eine Weile ihren Blick auf meiner Schwester ruhen, um zu sehen, ob sie diesen Satz ernst meinte. Lina wartete fünf Minuten, dann lächelte sie zuckersüß, drehte sich um. »Komm«, sagte sie und ging.

Lina schob sich mehrere Kirschen auf einmal in den Mund, kaute und spuckte die Kerne in den Garten. Um uns herum auf den Holzdielen der Veranda sammelten sich die Schlammfliegen. Wir saßen dort und bewegten uns nicht, am Abend war der Boden braun, wir hockten uns hinein, Lina tauchte einen Zweig in die dunkle Masse und schrieb unsere Namen, und wir sahen zu, wie die Insekten übereinanderkrabbelten und die Buchstaben sich auflösten.

Es knirschte unter den Fußsohlen, als wir ins Haus gingen.

»Wir sind gegen das Glück abgehärtet«, sagte Lina vor dem Einschlafen. Sie rieb ihre Füße an meinem Bein.

»Lieg still«, sagte ich, »und was soll das bitte heißen? Man kann sich nicht dagegen abhärten.«

»Nein«, sagte Lina und drehte den Kopf zur Wand, »man wird abgehärtet.«

6.

»Lina und ich hatten eine Abmachung«, sage ich zu Gregor. Er ist durch den Garten gelaufen, hat Äste geknickt und Steine in die kahlen Zweige der Bäume geworfen, ohne daß er das Geräusch hörte, das schnelle kurze Blätterrascheln, das Lina so liebte. Im Herbst warf sie auf dem Weg durch den Wald zum See Kieselsteine in die Bäume, blieb stehen und drehte ihr Gesicht den Blättern entgegen, die hinabfielen, so daß immer ein paar in ihren Haaren und Kleidern hingen.

»Daß wir uns wiederfinden danach«, sage ich.

»Wonach?« sagt Gregor.

»Nach allem. Es war eine Abmachung«, sage ich, »so wie man sich verspricht, einander immer zu lieben oder vorsichtig Auto zu fahren und anzurufen, wenn man angekommen ist.«

»Das sind unsinnige Versprechen«, sagt Gregor und wendet die restlichen Steine in der Hand hin und her, es knirscht, wenn die Flächen aufeinanderreiben.

In Mutters Schmuckkasten, den sie auf der Badezimmerablage stehen gelassen hatte, lag eine Korallenkette, die ich immer wieder durch die Finger gleiten ließ, und wenn ich begann, die Perlen zu zählen, wußte ich irgendwann nicht mehr, wo ich zu zählen angefangen hatte und wo ich aufhören sollte. Lina und ich hatten eine Reihe solcher Abmachungen. Wir haben uns Dinge versprochen, ohne sie auszusprechen, wir wußten, was wir voneinander erwarteten. Wenn Gregor mich jedoch fragen würde, wann diese Versprechen angefangen haben, könnte ich es nicht sagen. Ich könnte nur von dem Tag sprechen, an dem das begann, was nicht hätte passieren dürfen, ich könnte von dem Tag erzählen, ab dem Lina mir entglitt und der vielleicht die Stelle in der Kette bildete, wo eine Perle fehlerhaft war und weniger glatt geschliffen als die anderen, so daß die Finger manchmal diese Stelle fanden, an die sie zurückgehen konnten wie an einen falschen Anfang.

»Wer ist dieser Klabautermann, Lina?« hatte ich gefragt, während sie in der Küche Gläser und Teller zurechtrückte, bis alles in einem genauen Winkel zueinander stand. Sie schob die Marmeladengläser im Kühlschrank nebeneinander, leckte ihren Zeigefinger an und las Brotkrumen vom Tisch auf, an dem ich Brot fürs Abendessen geschnitten hatte. Sie antwortete nicht.

»Lina«, sagte ich. Lina hielt inne, stopfte eine Locke, die sich aus ihrem Zopf gelöst hatte, zurück unter das Haargummi, hob den Kopf und sah mich an.

»Machst du mir bitte etwas Tee«, sagte sie und ließ Wasser in den Kessel laufen, stellte ihn auf den Herd, drehte das Gas auf, ohne es zu entzünden, und ging hinaus. Draußen setzte der Nachbar die elektrische Säge an die Hecke, feine Äste rieselten in unseren Garten, Lina stand in der Verandatür und starrte ihn an. Der Geruch nach Gas stieg mir in die Nase, ich mußte niesen, drehte den Herd aus, und als ich mich umdrehte, stand Lina in ihren gelben Frotteeshorts schon am Waldrand und preßte beide Hände gegen die Ohren. Der Nachbar zog eine gerade Linie in die Hecke, ließ die Säge sinken, stellte sich, eine Hand in die Hüfte gestützt, dicht an die Büsche heran, links stach ein einzelner dünner Ast hervor, er blickte Lina nach, und als sie die Hände von den Ohren nahm, den Maschendraht hinunterdrückte und breitbeinig über den Zaun stieg – kurz sah ich die helle Innenseite ihrer Oberschenkel –, streckte der Nachbar die Hand aus und knickte, ohne den Kopf zu wenden, diesen Ast ab. Lina verschwand zwischen den Bäumen.

Als sie am Abend zurückkam, waren ihre Beine verkratzt, eine lange dünne Schramme zog sich vom Schienbein über die Innenseite ihres linken Oberschenkels, dort, wo sie den Maschendraht gestreift hatte, ihr Zopf hatte sich beim Schwimmen gelöst, das Haar fiel strähnig den Rücken hinunter und näßte das T-Shirt aus dem Billigdiscount, das in einem der Kleiderpakete gelegen hatte und auf dem in glitzernden roten Buchstaben *virgin* stand.

Später hatte sich in der Waschmaschine der Glitter gelöst und auf alle unsere Kleider gesetzt. Der Stoff lief ein, und als Lina längst meine Kleider trug, benutzte unser Vater dieses T-Shirt zum Schuheputzen.

Ich legte Lina ein Handtuch um die Schultern, die nasse Hose klebte an ihrem Po, sie nahm mich an der Hand, zog mich die Treppe zum Dachboden hinauf, sie kniete sich hin und stieß mit beiden Händen die Luke auf.

»Da ist er«, sagte sie und nickte zu den Brombeersträuchern an der linken Gartenseite hinüber, dort, wo der Geräteschuppen des Nachbarn stand. Die Zweige wippten, eine Hand tauchte auf, dann ein Kopf. Lina zuckte zusammen. »Schau«, sagte sie, »ich habe Gänsehaut«, und sie streckte mir ihre Arme entgegen.

Auf dem Dachboden knackten die Holzbalken in regelmäßigen Abständen, und während meine Schwester den Kopf aus dem Fenster steckte und den Mann mit dem Muttermal am Hals beobachtete, wie er im fremden Nachbargarten die Beeren von den Sträuchern klaute, sich ganze Hände voll auf einmal in den Mund schob, ab und zu einige Beeren in eine dünne grüne Supermarkttüte fallen ließ und dabei den Kopf immer wieder hoch zu unserem Fenster drehte, als würde er uns sehen und nur darauf warten, daß wir ihm zuwinkten oder hinaus in den Garten, in den dunkler werdenden Abend, zu ihm an die Brombeerhecken träten, während Lina ihn dabei beobachtete, wie er uns beobachtete, dachte ich an Mutter, an ihre runden, weichen und weißen Oberschenkel, die sich um das Gesicht dieses Mannes schlossen, an ihre Hände, die sie in die Bettdecke krallte, minutenlang, und an die Stille danach, an das Ausatmen, als beide nacheinander das Zimmer meiner Mutter verließen. Später stand Mutter im Bad und wischte sich mit einem Wattestäbchen die verschmierte Wimperntusche von den Augenlidern, sie sah mich im Spiegel an und warf mir mit der freien Hand Luftküsse zu, die ein hartes schnelles Geräusch machten.

»Man sagt, daß er Kinder frißt«, sagte Lina und drehte sich halb zu mir um, »aber so wie es aussieht, begnügt er sich auch mit unreifen Beeren.« Sie rutschte von der Fensterbank und stellte sich vor mich.

»Holst du mir welche, bevor alle weg sind?« fragte sie und stemmte die Hände in die Hüften; es war keine Frage. Sie schaute mich abwartend an. Vom Dachboden aus konnte man über den Wald hinwegsehen, eine Eule erhob sich aus ihrem Tagesschlaf und flog Richtung Felder zur Jagd.

»Nein«, sagte ich. Lina zuckte mit den Schultern, drehte sich um und ging hinunter, ich folgte ihr.

Durch die offene Verandatür hörte man den Wald rauschen, ein sanftes, gleichförmiges Geräusch, das nur am Abend und nur bei leichtem Wind oder Regen zu hören war. Ich hielt Lina eine Strickjacke von Vater hin, die über einem Stuhl in der Küche hing.

»Du holst dir noch den Tod«, sagte ich, Lina zuckte mit den Schultern, zog in einer einzigen schnellen Bewegung auch noch das T-Shirt aus, dann die Shorts und lief in Unterhose und barfuß in den Garten, in den Zweigen der Brombeerbüsche bewegte sich etwas, und Lina stellte sich nackt und weiß und mit ausgestreckten Armen vor die Büsche, zupfte Beeren von den Zweigen und schob sie sich in den Mund.

»Komm raus«, rief sie, »oder traust du dich nicht?«

Die Zweige bewegten sich. Ich versuchte, das Gesicht des Mannes zu erkennen, dem meine Schwester sich so nackt darbot, wie Mutter es zwei Jahre zuvor getan hatte. Es regnete, und in der Dunkelheit konnte ich außer der leuchtend weißen Haut meiner Schwester, die das restliche Licht zu fangen schien, nichts erkennen. Wahrscheinlich stand der Mann noch zwischen den Sträuchern, ich hatte weder gesehen, daß er gegangen war, noch hatte ich etwas gehört, und Lina hätte keine Herausforderung darin gesehen, dort im Garten zu stehen, ohne daß dieser Mann sie sähe.

Anstatt sich von mir berühren zu lassen, anstatt sich in den Arm nehmen zu lassen oder einen Kuß vor dem Schlafengehen einzufordern, wich Lina mir seit diesem Abend aus. Statt dessen erfand sie Aufgaben, die wir zu meistern hatten, immer abwechselnd, erst sie, dann ich.

Ich stellte mich solange mit einem aufgespannten Regenschirm in den Garten, als es gewitterte und die Blitze über unserem Haus zuckten, bis der Regen einsetzte und Lina mich vom Küchenfenster aus hineinwinkte. Im Gegenzug sammelte Lina die giftigen Vogelbeeren von den Sträuchern im Garten und aß sie auf, nach einer Stunde erbrach sie sich über dem Klo. Lina schickte mich in Unterwäsche zum Nachbarn hinüber, und ich gab vor, mich ausgeschlossen zu haben, als ich nach dem Baden die Handtücher von der Leine im Garten holen wollte. Ich wartete eine Stunde in seiner Küche darauf, daß Lina mich holen kommen würde, er kochte Kamillentee und musterte mich von der Seite, aber er bot mir keine Decke an, kein Hemd und keine Strümpfe, und als Lina schließlich klingelte, lächelte sie ihr zuckersüßes Lächeln, das sie für solche Gelegenheiten gelernt hatte, der Nachbar grummelte etwas und schickte uns hinüber. Lina schaute mich zufrieden an, aber wenn ich sie in den Arm nehmen wollte, schlüpfte sie unter meinen Händen hindurch oder machte sich steif, ich spürte jeden einzelnen ihrer Knochen und ließ sie sofort wieder los.

Es gibt eine Serie fast identischer Photos aus dieser Zeit, die wir zusammen voneinander machten. Lina drückte mir den Apparat in die Hand, ich stellte ihn auf die Holzumrandung der Veranda und drehte den Zähler des Selbstauslösers auf Start. Lina bewegte sich erst wieder neben mir, wenn der Blitz aufgeleuchtet hatte. An diesem Abend aber photographierte ich sie zum erstenmal alleine, und auf diesem Bild, das ich in der Einstecktasche meines Portemonnaies immer bei mir trage, schaut meine Schwester so, wie sie immer in die Kamera schaut. Es dämmert bereits, Lina steht auf der Veranda, sie steht an derselben Stelle wie immer, hat die Arme vor dem nackten mageren Oberkörper verschränkt, trägt Shorts, im Vordergrund leuchten Blumen, im Hintergrund ist das Haus bloß noch zu erahnen, die Küchentür, das Fenster zu Vaters Arbeitszimmer, und neben meiner Schwester bleibt ein ein Meter freier Platz, an dem ich auf den anderen Photos sonst stehe. Sie ähnelt sich auf diesem Photo nicht. Trotzdem sehe ich sie so immer vor mir: mager und mit nassem Haar. Ihre Haut schimmert gnadenlos weiß vor dem dunklen Haus, der Blitz leuchtet sie direkt an. Ich habe oft und nächtelang vor dem Spiegel ihren Blick geübt.

Einige Wochen später kam Lina mit der Katze nach Hause. Sie hatte sie am See in einer Plastiktüte gefunden, in das das Tier ein Loch gerissen hatte, Lina hatte sie aus dem Ufergestrüpp und der Tüte befreit, die Katze hatte sich in Linas Hand verbissen, deshalb nahm Lina sie mit, und weil sie erst wenige Tage alt war und noch keine scharfen Krallen und Zähne hatte, blieben dieses Mal die Kratzer an Linas Beinen und Händen aus. Lina wusch das Tier in einer großen Salatschüssel, sie verdünnte Milch mit Wasser und träufelte sie der Katze solange aufs Maul, bis sie zu trinken begann. Nachts blieb das Tier unter der Überdecke liegen. Lina ging wieder in ihr eigenes Bett, und beide, meine Schwester wie auch die Katze, schliefen auf der Stelle zusammen ein.

Ich lag wach und horchte auf ihren Atem, stand auf, ging in die Küche und setzte mich im Dunkeln an das Fenster zum Garten. Ich wartete, so wie ich, bevor Mutter ging, nächtelang darauf horchte, daß Mutter die Treppe wieder hinaufkommen würde. Es waren Nächte, die begleitet waren vom Kreischen der Nachbarskatzen, die sich paarten oder kämpften, ihr gellendes Miauen in der Dunkelheit lockte mich aus dem Bett ans Fenster, und während ich den Katzen zusah, wie sie durch den Garten huschten, ab und zu stehenblieben und zum Küchenfenster hinübersahen, so daß ihre Pupillen das Licht reflektierten, hörte ich, wie Mutter ins Wohnzimmer ging und sich – nach einem langen angespannten Schweigen am Nachmittag –, unserem Vater ergab. Ich hörte Vaters Stöhnen, abgehackt und leise, und stellte mir vor, wie Mutter die Luft anhielt, den Kopf zur Seite drehte, das Nachthemd war über ihre Hüfte gerutscht oder geschoben, ich sah vor mir, wie Vater sich auf sie legte, die Arme neben ihre Schultern stemmte und wie er über sie hinwegsah dabei, wie damals im Auto, als sie Lina zeugten, hastig, unwissentlich und unerwartet. Dann rauschte die Klospülung, und Mutter schloß die Tür zu ihrem Zimmer. Ich ging zurück ins Bett, die Katzen strichen weiter durch den Garten auf der Suche nach Mäusen oder schlafenden Vogelkindern, und es war still, bis der Morgen ins Zimmer schlich und Lina im Schlaf zu reden anfing kurz vor dem Aufwachen.

Als wir zum Frühstück hinunterkamen, kniete Mutter mit einem nassen Lappen über den Sofapolstern in Vaters Arbeitszimmer und rieb die weißen Spermaflekken aus dem Stoff.

Eines Morgens stand Lina am geöffneten Fenster, die Katze saß neben ihr auf dem Fensterbrett.

»Katzen haben sieben Leben«, sagte ich zu Lina, »und sie fallen immer auf die Füße.«

»Das stimmt nicht«, sagte meine Schwester.

»Doch«, sagte ich, »probier es doch aus. Oder traust du dich nicht?«

Lina gab dem Tier einen Kuß auf den behaarten Schädel.

»Hör auf«, sagte ich, als sie das Tier nahm und mit beiden Händen weit aus dem Fenster hielt, aber da hatte Lina schon losgelassen.

Die Katze blieb unter dem Fenster liegen, zusammengekrümmt wie zum Schlaf. Als Vater, der das Tier dort fand, wissen wollte, was passiert sei, logen wir gemeinsam.

»Ich kann nichts dafür«, sagte ich.

»Ich weiß«, antwortete Lina, nahm sich ein Handtuch aus dem Badezimmerschrank und lief hinunter zum See.

Lina wollte alles ausprobieren, sie war gierig nach dem Häßlichen. Auch die ausgesparten Stellen in den Geschichten, die unsere Mutter uns erzählte, wollte sie hören. Sie behielt sie im Gedächtnis und nahm sie mit in den Schlaf. Am Morgen lag auf der Veranda eine Handvoll Brombeeren. Lina warf sie in den Müll.

Lina verbrachte den Tag in der Badewanne und zählte mit der Stoppuhr die Sekunden, die sie ihren Kopf unter Wasser tauchen konnte, ohne Luft zu holen. Jede halbe Stunde zog sie den Stöpsel und ließ neues Wasser nachlaufen, sie badete ohne Schaum und schloß die Badezimmertür nicht ab, so daß Vater, in Eile und aus Versehen, sie erst bemerkte, als er die Hose schon geöffnet hatte und Wasser ließ. Lina blieb untergetaucht, bis er fertig war und sich die Hände wusch. Vater tat, als hätte er sie erst jetzt im Spiegel bemerkt. Lina schäumte sich die Haare ein, und Vater verließ wortlos das Badezimmer. Hinterher lachte Lina und zog ihn auf damit. Sie wickelte sich in ein gelbes Frotteetuch, sie kämmte ihre Haare nicht, ging statt dessen in die Küche, wühlte in den Schubladen herum und kam mit einem langen Brotmesser zurück. Jedes Jahr hatte Mutter unsere Körpergröße und die Länge unserer Unterarme in den Türpfosten gekerbt. Lina schob mich nach links an meinen Pfosten, hobelte mit dem Messer am Holz herum, bis eine Kerbe entstand, die unwesentlich höher lag als die des Vorjahres. Lina und ich waren gleich groß. Linas

Unterarme waren länger als meine, ihre Oberarme fest und glatt. Sie hatte Muskeln bekommen im Laufe des Sommers, ihre Schultern und der Nacken waren breiter und die Haut dort brauner als sonst. Nach dem Schwimmen spreizte sie die Hände, um zu sehen, ob die Haut zwischen ihren Fingern wuchs. Im letzten Jahr noch waren wir stolz gewesen auf unsere Handgelenke, um die wir mit Daumen und Zeigefinger einen weiten Kreis schlossen, auf die Rippen, die wir zählen konnten, wenn wir tief genug Luft holten, und auf die Lücken zwischen unseren Oberschenkeln. Wenn ich Linas Körper ansah, wußte ich, wie meiner aussah. Jetzt war meine Brust gewachsen, die Oberschenkel scheuerten beim Laufen aneinander, Lina wurde immer sehniger und größer, bald würde sie mich überholt haben, es war ein angenehmes Unbehagen, das mich von meiner Schwester trennte.

Ich kerbte das Holz über ihrem Hinterkopf, sie zappelte. »Steh still«, sagte ich, Lina streckte mir die Zunge raus und ruckte mit dem Kopf, so daß eine Locke an der Schneide hängenblieb. Ich zog das Messer mit einem Ruck durch das Holz, Lina riß ihren Kopf nach vorne, die Strähne fiel zu Boden, und Lina schrie auf. Sie betastete ihren Hinterkopf. »Dafür mußt du dir deine Haare abschneiden«, sagte sie. »Quatsch«, sagte ich und sammelte das Büschel auf. Ich versuchte zu lächeln. Noch während ich da stand und ihre Locke zwischen den Fingern drehte, zielte Lina mit dem Messer nach mir. Ich drehte mich zur Seite, Lina warf, die Fensterscheibe sprang, Lina blieb stehen und sah mich an.

In den Tagen und Wochen danach fuhr Lina mit der Hand leicht über meinen Rücken und zog an meinen Haaren, wenn wir aneinander vorbeiliefen. Machte ich auf dem Treppenabsatz kehrt, schaute sie mich mit hochgezogenen Augenbrauen an. Ich steckte mein Haar zu einem Knoten, aus dem sich keine Strähne löste, aber die Nadeln bissen die Kopfhaut so wund, daß ich nach einem Monat die Schere nahm und über der Badwanne und ohne hinzusehen die Haare abschnitt, dann den Kopf einseifte und mit Mutters Einwegrasierern, mit denen sie ihre Achseln, Beine und die Scham beim Duschen rasiert hatte und die noch im Badezimmerschrank zwischen Parfumproben und Cremetiegeln lagen, auch meine restlichen Haare abrasierte. Wochenlang trug ich Mützen, unter die Lina lächelnd ihre Hände steckte, bis das Haar nachgewachsen war auf wenige Zentimeter.

»Wie beim Militär«, sagte Vater, strich mir mit der Hand über den Kopf und dann über sein eigenes Haar, das an den Schläfen und auf dem Hinterkopf dünn wurde, so daß die Haut hindurchschimmerte. Ich sammelte mein langes Haar von den Fliesen im Bad in eine Plastiktüte und legte sie in den Schrank neben den Zopf meiner Mutter, der, zwischen Seifenstücken und Mottenkugeln, in ein Küchentuch eingewickelt unter den restlichen Kleidern lag und mit jedem Ein- und Auswickeln brüchiger wurde, bald würde er zwischen den Händen zerfallen.

»Ich werde meiner Mutter ein Grab kaufen, oben, auf dem Friedhof hinter dem Wald, dort, wo man den See noch sieht«, habe ich vorhin zu Gregor gesagt. Ob es Unglück bringe, einem Menschen, der nicht tot sei, ein Grab zu kaufen, Efeu zu pflanzen und darauf zu warten, daß dieses kleine rechteckige Stück Erde nach und nach zuwachse, habe ich ihn gefragt. Anstelle einer Antwort packte Gregor mich an den Schultern und schüttelte mich. Ich wartete, daß er aufhören würde damit, und wollte es nicht, weil das die einzige Art von Berührung ist, die jetzt noch möglich ist zwischen uns; eine, die keine Rücksicht nimmt.

7.

»Wenn man ein Glas über dich stülpen würde wie über eine Wespe und dieses Glas hätte ein Loch, einen kleinen Sprung im Boden, du würdest den Ausgang weder suchen noch finden«, hat Lina einmal zu mir gesagt. Wir standen vor dem Schultor, Lina zog wie selbstverständlich eine zerknitterte Packung Zigaretten aus der linken Hosentasche, glättet sie und bot mir eine an. Dann kam Gregor vorgefahren, er hupte, Lina warf die gerade angezündete Zigarette in den Rinnstein, stieg ein, kurbelte das Fenster hinunter. »Schau nicht so, bitte«, sagte sie und winkte mir zu. Gregor fuhr los und warf mir im Rückspiegel, die eine Hand am Lenkrand, mit der anderen eine Kußhand hinterher.

Das war ein halbes Jahr, nachdem ich Gregor kennengelernt hatte, und da bereits hatte Lina sich zwischen uns gedrängt, und die scheinbar letzten festgefügten Dinge in unserem Leben verschoben sich nach und nach. In Wahrheit gehörte nie etwas nur mir, denn da war immer noch Lina. Als Kinder hatten wir uns versprochen, alles miteinander zu teilen. Für Lina galt das noch immer. Auch als wir keine Kinder mehr waren.

Lina war vierzehn, ich siebzehn, und meine Haare waren gerade wieder nachgewachsen, als Evà bei uns einzog. Sie war mit unserem Vater zur Schule gegangen, drei Jahrgänge unter ihm. Auf einem Dorfest, auf dem das Bier billig und die Männer allesamt verheiratet oder auf der Suche nach einer Frau für eine kurze, viel zu kalte Spätsommernacht waren, hatte Evà unseren Vater aus der Ferne beobachtet. Er drehte unsere Mutter so schnell beim Tanzen, daß der Rock über den Knien Wellen schlug. Als Mutter nach Hause ging und nach drei Gläsern Wein, den Evà damals noch nicht vertrug, hatte sie unseren Vater angesprochen. Während Vater noch die Arme vor der Brust verschränkte, abwehrend und verlegen und geschmeichelt, machte sich der Wein zurück auf den Weg aus ihrem Magen in die Speiseröhre. Evà rannte hinter das Festzelt und erbrach sich ins Feld, und Vater hielt ihren Kopf, ein wenig schuldbewußt und erregt zugleich von dem Gefühl der langen dunklen Locken zwischen seinen Händen.

Evà hatte die Schule abgebrochen, sie hatte eine Schneiderlehre gemacht. »Wir haben uns aus den Augen verloren, so wie das eben passiert«, sagte Evà. Zwei Monate bevor sie bei uns einzog, begegnete Vater ihr auf der Post, beim Zurückschicken sämtlicher Briefe ihrer Liebhaber, die sie fein säuberlich mit Tesafilm zugeklebt und der Reihe nach neu frankiert hatte.

Fortan gab es in unserem Haus geputzte Fenster und naß glänzende Dielen, in deren Ritzen sich die Seifenlauge sammelte. Wenn Evà ihr Haar aus der Stirn steckte und sich immer wieder über die Schürze strich, die sie beim Kochen, Putzen und Wäschewaschen trug, sagte Lina, sie sähe aus wie ein Tier, das seinen Bau herrichte für die Balz. Evà lief im Sommer barfuß, am linken Fuß trug sie einen Zehenring, sie drehte sich Zigaretten aus dünnem Papier und Tabak, und zwischen Zeigefinger und Mittelfinger war ihre Haut gelb wie das Verschlußgummi der Einmachgläser, die im Keller auf langen Holzborden standen. Morgens trank Evà Kaffee mit viel Zucker und studierte den Kaffeesatz im Becher. Als wir aus der Schule kamen, war das Haus aufgeräumt und glänzte. Evà hatte die Teppiche und Bilder, Vorhänge und Sofakissen in den Keller geräumt, die restlichen Möbel hin und her geschoben, bis die Zimmer größer erschienen, heller und neuer. Morgens riß sie zuerst die Fensterläden auf, damit die Luft den Staub mitnahm, der sich seit Jahren zwischen den Polstern angesammelt hatte.

Oft holte Evà mich am Nachmittag ins Bad. Lina schlief oder schwamm im See, sie ging mir und Evà aus dem Weg, so gut sie konnte. Evà ließ Wasser in die Wanne laufen, goß eine Unmenge an Schaumbad hinzu, zog sich selbst bis auf den Slip aus, damit ihre Kleider nicht naß würden, setzte sich auf den Toilettendekkel und rauchte eine Mentholzigarette nach der anderen, während ich so lange im heißen Wasser lag, bis meine Hände aussahen wie die einer alten Frau, so wie ich Mutters Hände nie sehen würde. Der Gedanke daran trieb mir einmal die Tränen in die Augen, ich tauchte unter und hielt die Luft an. Evà mußte damals etwas gespürt haben, sie zog mich hoch, nahm mein Gesicht in beide Hände und gab mir einen schnellen feuchten Kuß auf den Mund.

An diesen Nachmittagen schloß Evà die Tür zum

Badezimmer ab. Sie blies den Rauch der Zigaretten in ein nasses Handtuch, das sie später aus dem Fenster hängte. Wir sprachen nicht, lauschten auf Vaters Schritte im Flur, und ab und an zwinkerte Evà mir zu. Als das Wasser zu kalt wurde, schäumte sie meine Haare ein, gab mir einen nassen Waschlappen, den ich mir übers Gesicht legte, damit der Schaum nicht in die Augen laufen konnte, und spülte mit dem Duschstrahl das Shampoo von meinem Kopf. Ich habe diese Nachmittage mit ihr nicht gezählt, aber es waren viele; Nachmittage, an denen ich nicht an meine Schwester dachte und an denen ich nicht auf sie aufpassen wollte.

Eines Mittags fing Evà mich am Schultor ab, und wir gingen zusammen Wäsche kaufen, nachdem sie nüchtern festgestellt hatte, daß ich keinen einzigen BH hatte und auch sonst keine Unterwäsche besaß, die nicht aus weißer Baumwolle war. Evà sortierte die Kleider in unseren Schränken und schob Lavendelpapier zwischen die Wollpullover, das Lina mit angeekeltem Gesicht in den Müll warf, wenn sie es in ihrem Schrank fand. Sie nahm die weißen Baumwollunterhosen und Hemden aus meinem Fach, stopfte alles in eine Tüte, die sie im hintersten Winkel des Schrankes verstaute.

»Für schlechte Tage«, sagte sie, »und wirklich nur für solche.«

Im Laden schämte ich mich, die roten Spitzenfetzen anzuprobieren, die Evà zielstrebig zwischen den hautfarbenen hervorzog, also zog sie in der Kabine die Wäsche an und drehte und wendete sich vor dem Spiegel hin und her, kaufte ohne zu zögern alles in zweifacher Ausführung und drückte mir eine der Tüten in die Hand. Im Cafe bestellten wir Tee mit Sahne, wir rührten in den Gläsern, beobachteten, wie die Zuckerstücke aneinander stießen, sich auflösten. Wir schwiegen, Evà rauchte und lächelte zufrieden dabei.

Ich zeigte Lina die Wäsche nicht, ich zog sie heimlich an, frühmorgens im Bad, und betrachtete mich im Spiegel, bevor ich Jeans und Pullover darüberzog.

Wenn wir aus der Schule kamen, war die Tür zu Vaters Arbeitszimmer manchmal verschlossen. Es war still im Haus, Lina ging zielstrebig in ihr Zimmer, nahm ein Handtuch und verschwand Richtung See, ich legte mich auf mein Bett und lauschte, aber ich hörte nichts. Auch in der Nacht schlugen die Türen nicht. Ich schlief ein und erwachte erst, wenn Evà sich in einem von Vaters Hemden auf die Veranda stellte und rauchte und die Tür mit dem Fliegengitter scheppernd hinter ihr zufiel. Evà und Vater liebten sich sehr leise.

»Du magst es, daß sie hier ist«, sagte Lina.

»Wir haben jetzt eine Zugehfrau«, erzählte sie in der Schule, weil Evà beim Putzen diese Schürzen trug und alle Schlüssel zu allen Türen besaß, zur Gartenpforte, zum ersten und zweiten Kellereingang, zur Haustür, zur Veranda- und Küchentür, zum Schlafzimmer unserer Mutter, das Vater nicht mehr betrat, seit sie gegangen war. Anstelle des Sofas stand nun ein Bett in seinem Arbeitszimmer. Evà wollte Mutters Zimmer nicht übernehmen und schlief im Wohnzimmer. Ich zog aus dem Zimmer aus, das Lina und ich gemeinsam benutzten, und nahm das Zimmer am Ende des Flurs, in dem ich Mutter aus dem Schrank heraus beobachtet hatte.

Evà nahm mich auch an den Abenden mit. Wir fuhren in die Stadt, tranken Wein, der meine Schneidezähne und Lippen färbte, manche ihrer Freunde, die wir trafen, hielten uns für Schwestern. Ich gefiel mir neben ihr. Wir gingen auf Empfänge und Vernissagen in Galerien und Hotelbars, zu denen wir nicht eingeladen waren. Evà schmuggelte uns hinein, küßte den erstaunten Portier auf beide Wange oder gab falsche Namen an, die sie mit einem Blick auf die Gästelisten erhaschte, und wenn die Reden vorbei und das Buffet eröffnet war, aßen wir und tranken, und meist verschwand Evà danach für eine Weile. Sie drückte mir ein Glas in die Hand. »Ich hol dich hier wieder ab«, sagte sie, »du kommst doch klar, oder?«, und ich nickte.

»Ich kannte mal ein kleines Mädchen, das hat auch immer so ins Leere geblickt, du wartest doch auf jemanden«, sagte Gregor und lehnte sich an diesem Abend neben mich an die Tür.

»Nein, eigentlich nicht«, sagte ich.

»Gut«, sagte Gregor und nickte. Er musterte mich unverhohlen, nahm der Kellnerin ein neues Glas Wein vom Tablett und gab es mir. Übergangslos begann er von diesem Mädchen zu reden, als würde mich das interessieren.

»Du erinnerst mich an sie«, sagte er und senkte den Blick. Daß er sie geschlagen hätte als Junge, erzählte er, weil sie es von ihm verlangt habe. Immer dorthin, wo der Rücken in den Po überginge, bis die Haut rot war und voller Striemen.

»Ich konnte nicht mehr aufhören, bis sie geweint hat«, sagte er, als hätte er diese Sätze schon oft in andere fremde Gesichter gesagt, die immer gleich erschrocken und peinlich berührt den Blick gesenkt hatten. Gregor hatte kinnlanges farbloses Haar, er war nicht schön, er war alles andere als das.

»Er ist gleichgültig und zielgerichtet«, sagte Evà später. Das war er nicht, aber ich wußte, was Evà sagen wollte.

Er fuhr sich mit der Hand durchs Gesicht, schnell und hart, und seine Finger waren lang und schmal, wie die einer sehr großen, sehr dünnen Frau; dann hob er mit einem Ruck den Kopf.

Ich sah zwei Kinder vor mir, die aneinander Hand anlegten. Das Mädchen öffnete die Lippen und schloß sie um das Geschlecht des Jungen, während der Junge seine Hände auf das Gesicht des Mädchens drückte, bis sie beide, zitternd und schon über den ersten Anfall des Weinens hinaus, voneinander abließen, sich in ihre Decke einrollten und auf der Stelle einschliefen. Ich biß mir auf die Lippen und hielt mich an meinem Weinglas fest.

»Gregor«, sagte Gregor.

Ich nickte.

»Ich konnte nicht aufhören, sie zu schlagen«, sagte Gregor, nahm der Kellnerin die Weinflasche aus der Hand und schenkte mein Glas wieder bis zum Rand voll.

»Trink«, sagte er.

Im hinteren Teil der Bar lachte eine Frau auf, ich zuckte zusammen, stellte das Glas ab, einige Tropfen schwappten über den Rand und auf Gregors Schuhe.

»Der Körper speichert jede Erfahrung«, sagte er.

Ich hielt nach Evà Ausschau, »Das glaube ich nicht«, sagte ich und drehte mich um.

»Schade«, sagte Gregor, »ich habe gedacht, das könnte zu dir passen.«

Vor zwei Tagen hatte Lina sich den Kiefer gebrochen. Sie mußte mit geschlossenen Augen den Rinnstein entlanghüpfen, ich hatte den Bus gesehen, der auf sie zufuhr, ich hatte sie gerufen, und als sie sich umdrehte, stolperte sie und schlug mit dem Kinn auf die Steine auf. Ich strich meinen Rock glatt, an dem es nichts glattzustreichen gab. Gregor hob den Blick in mein Gesicht und griff nach meiner Hand. Er drehte und wendete sie, während ich Lina vor mir sah, in Zeitlupe, ihre dünnen Fesseln, das goldene Fußkettchen, das an ihrem linken Knöchel auf und ab wippte. Ich hatte gesehen, wie schön meine magere, rothaarige Schwester war. Diese Ahnung streifte mich und schob sich zwischen uns. Vom Magen stieg ein flaues Gefühl in meinen Brustkorb, Spucke sammelte sich in meinem Mund wie kurz vor dem Erbrechen, ich schluckte, und Gregor ließ meine Hand los. Er ließ sie fallen wie etwas, dem man versehentlich zuviel Beachtung geschenkt hatte, und ich beschloß mitzugehen, wenn er mich darum bitten würde. Aber Gregor fragte gar nicht erst, er zog mich über den mit Teppich ausgelegten Hotelflur, ich vermied es, in den Spiegelwänden nach seinem oder meinem Gesicht zu suchen, Gregor lief aufrecht und ohne sich umzusehen vor mir her. Ich folgte ihm hinaus, durch die schlafende Stadt, die Straßenbahn fuhr hell erleuchtet und menschenleer an uns vorbei auf dem Weg in den Parkhof, Gregor zündete sich im Gehen Zigaretten an, warf die immer nur halbgerauchten Kippen neben sich, und kurz vor seiner Haustür drehte Gregor sich um, legte einen Finger auf seine Lippen und nickte mir zu.

Vielleicht war es diese Geste, die mich annehmen ließ, daß ich sicher wäre bei ihm, aufgehoben in der provozierenden Unverbindlichkeit, die er ausstrahlte.

Am Morgen schien Gregors Wohnung größer, staubiger und leerer als in der Nacht. Ich wachte mit Kopfschmerzen auf, Gregor lag vor dem Bett auf dem Boden, eingerollt in einen Schlafsack, der knisterte, wenn er sich bewegte. Ich schälte mich aus den zwei Decken, in die ich verpackt war, meine Kleider waren verknittert, das Fenster stand weit offen, gegenüber hängte eine Frau Wäsche auf dem Balkon auf, zwei Tauben landeten auf dem Fensterbrett, starrten ins Zimmer und gurrten. Ich stand auf und schloß das Fenster, und als ich mich umdrehte, war Gregor wach und sah mich an.

»Soll ich dich nach Hause fahren?« fragte er und kniff die Augen gegen das helle Sonnenlicht zusammen.

Ich schüttelte den Kopf, Gregor sah mich an und lachte leise auf.

»Was ist?« fragte ich.

Er nickte mit dem Kinn in meine Richtung, ich tastete

meinen Hals ab. »Schau mal in den Spiegel«, sagte Gregor, stand auf und legte sich, ebenso angezogen wie ich, in das noch warme Bett.

»Ich muß noch schlafen«, sagte er und schloß die Augen.

»Welche Erfahrung willst du noch einmal machen?« hatte Gregor an diesem Abend, an dem ich ihm aus der Hotelbar nach Hause gefolgt war, gefragt.

»Keine von mir«, sagte ich.

»Sondern?« fragte Gregor.

»Und du?« sagte ich, weil ich nicht von Lina sprechen wollte.

»Ich möchte die Hände dieses Mädchens spüren, das ich in den Schrank gesperrt habe. Als ich die Tür wieder geöffnet habe, hat sie mir direkt ins Gesicht geschlagen«, sagte Gregor.

»Deine Cousine, deine Schwester, ein Nachbarskind?« fragte ich und trank das Glas Leitungswasser, das Gregor mir gab, in einem Zug leer.

»Ich möchte neben ihr einschlafen«, sagte Gregor, ohne auf meine Worte einzugehen. Er nahm mich am Arm, zog mich durch die vier Räume seiner Wohnung bis in das hinterste Zimmer und schlug die Decke zurück. Ich legte mich in meinen Kleidern ins Bett. Gregor deckte mich zu, setzte sich neben das Bett und betrachtete mich.

Wir berührten uns in dieser Nacht nicht. Gregor bat mich um nichts anderes, als in seinem großen Bett und in Kleidern bei ihm zu schlafen. Die Flecken am Hals, dünne rote Striemen, fügte ich mir im Schlaf selber zu. Ich träumte von Lina, die nach meinem Hals griff und mich zu sich auf das Eis zog. Ihre Hände waren kalt und glatt, die Fingernägel schrammten an meiner Haut ab. Ich erwachte schwitzend und ohne zu wissen, wo. Gregor war eingeschlafen, er hatte sich zwischen Stuhl und Bett auf dem Boden zusammengerollt, der Schlafsack knisterte, irgendwo im Haus stellte jemand das Radio an, Musikfetzen, die durch die Decke drangen und dann die Stimme der Radiosprecherin, die mich eintönig murmelnd zurück in den Schlaf schob.

8.

Lina hielt mir, als ich am Morgen nach Hause kam, ein großes Handtuch und die Taucherbrille mit ausgestreckten Armen entgegen.

Sie hatte gewartet. Sie saß in Kleidern auf der Kante meines Bettes und rieb sich die Augen, als wäre sie gerade erst aufgewacht, als ich das Zimmer betrat. Die Decke war verrutscht, Lina hatte eine runde weiche Kuhle in das Bettzeug gelegen. Ich ging zum Fenster und öffnete die Läden, in meinem Zimmer roch es nach Schlaf. Ich wartete auf Linas Fragen, aber sie gähnte nur und hob das Handtuch auf, das, als sie eingeschlafen und seitlich auf das Bett gekippt war, von ihrem Schoß auf den Boden gefallen war. Sie griff nach der Taucherbrille mit den ausgeleierten Gummibändern und hielt mir beides wortlos und mit zusammengekniffenen Augen hin.

Am See war es still, die Angler suchten noch in ihren Kellern und Gartenhütten nach den Dosen mit den lebenden Ködern, die Hundebesitzer waren schon wieder zurück in ihren Häusern und kochten Kaffee für das Frühstück, eine Ente erhob sich aus dem Wasser und flog ans andere Ufer, meine Kleider rochen fremd und klebten am Körper. Ich dachte an Gregor, der jetzt unter der Decke lag und in meine zurückgelassene Wärme atmete, ich schüttelte mich, aus Kälte, aus einem plötzlichen unbegründeten Ekel heraus, mein Magen rebellierte.

»Welche Erfahrung möchtest du noch einmal machen?« hörte ich Gregor fragen.

»Wozu?« hatte ich gefragt und das Glas, das ich in der Hand hielt, auf den Boden gestellt. In Gregors Wohnung gab es nichts außer zwei Sesseln im ersten Zimmer, einem leeren Regal im zweiten, einem großen dunklen Eichenholzschrank im dritten und einem Bett im hintersten Zimmer. Wir saßen auf dem Boden, Gregor lehnte sich an die Wand.

»Damit du diese Erfahrung loswirst oder für immer behalten kannst«, sagte Gregor.

Ich stand auf, schüttelte den Kopf. Gregor nahm mich am Arm und führte mich behutsam in das hinterste Zimmer. Die Hotelleuchtreklame auf dem Dach des gegenüberliegenden Hauses warf blaues Licht ins Zimmer.

Er hob die Decke an wie eine Bitte an mich, und ich kroch in das Bett. Gregor holte einen Stuhl aus der Küche. Ich schloß die Augen, ich wollte, daß Gregor seine Erzählung fortsetzte, ich wollte ihm sagen, daß ich meine Schwester gerne fühlen würde, wenn sie unter Wasser mit geöffneten Augen und ruhigem Puls dahinglitt, aber Gregor schwieg. Ich wußte, daß er mich ansah, und da er nichts sagte, sagte ich auch nichts.

Lina und ich standen am Morgen danach am See. Lina schlang beide Arme um ihren Oberkörper und hob eine Augenbraue.

»Willst du mir etwas erzählen?« fragte sie.

»Nein«, sagte ich und begann meine Kleider auszuziehen. Ich gab sie Lina in die Hand, sie ließ sie achtlos auf den Boden fallen. Das Wasser war kalt, ich biß die Zähne zusammen, watete durch das Ufergestrüpp, die Steine unter den Füßen waren glitschig von Algen.

»Kommst du nicht mit?« fragte ich Lina.

»Nein«, sagte sie fröhlich, »ich warte hier.«

»Willst du nicht wissen, wo ich gewesen bin?« fragte ich.

Das Wasser reichte mir bis an den Bauch und schnitt meinen Körper in zwei Teile, einen, den ich spürte, und einen, den die Kälte des Sees betäubte.

»Nein«, sagte Lina, »zwei Minuten«, und setzte sich auf einen Baumstumpf. Sie schlug die Beine übereinander und musterte mich abwartend. »Schwimm los«, sagte sie und nickte in Richtung des anderen Ufers, das langsam im Morgendunst auftauchte. Ich lief weiter, bis meine Füße den Grund nur noch mit den Zehenspitzen berührten, schwamm einige Meter, bis ich frei Wasser treten konnte und die kalten Strömungen mich umschlossen.

»Vergiß nicht zu tauchen, und Augen auf«, rief Lina vom Ufer und winkte mir, »ich zähl die Zeit.«

Meine Schwester begann laut zu zählen, rückwärts von hundertzwanzig an. Etwas Weiches Glattes streifte meine Beine. »Hundertdrei«, sagte Lina, ich hielt die Luft an und tauchte kopfüber ins Wasser, meine Arme und Beine waren taub, die Fingerspitzen kribbelten. Ich zählte mit. Unter Wasser hörte ich die Stimme meiner

Schwester nicht mehr, meine Lungen brannten, ich atmete in kleinen Stößen aus, meine Augen schmerzten, ich hatte die Lider zu fest zusammengepreßt, und als ich keine Luft mehr zum Ausatmen hatte, auftauchte und die Augen wieder öffnete, war der Baumstumpf, auf dem meine Schwester gesessen hatte, leer. Ich wischte mir das Wasser vom Gesicht. Lina war nirgendwo zu sehen.

Hinter mir knackte es, jemand schob sich durch das Uferschilf ans Wasser heran, eine Ente quakte und paddelte davon, ich drehte mich um, ich dachte, Lina wolle mir meine Kleider bringen, aber statt in die grünen klaren Augen meiner Schwester blickte ich in ein anderes Gesicht. Das Muttermal war groß und dunkel gesprenkelt. Es zog sich vom Hals über die linke Wange bis zur Schläfe und teilte das Lächeln des Mannes in zwei Hälften. Sein Gesicht war ein wenig verschoben, die Augen lagen unterschiedlich hoch, die Nase war lang und in der Mitte gebrochen, und als wäre die rot gebrannt-markte Seite schwerer als die andere, hielt er den Kopf schief und zog die rechte Schulter hoch. Er streckte die Hand aus und öffnete den Mund, aber ehe er noch etwas sagen konnte, stolperte ich aus dem Wasser. Lina hatte meine Kleider mitgenommen, nur meine Schuhe und der BH, den Evà mir gekauft hatte, lagen noch auf dem Baumstumpf. Ich zog ihn über den Kopf, ohne den Verschluß zu öffnen, die Träger verdrehten sich, ich nahm die Schuhe und lief, ohne mich umzudrehen, durch den Wald nach Hause. Hinter mir hörte ich ein keuchendes Lachen, vielleicht machte dieses Geräusch auch nur eine Ente oder meine eigenen Schritte auf dem weichen Waldboden.

So begann die Zeit mit Gregor. Mit einem stillen eisigen Schweigen zwischen meiner Schwester und mir. Sie beobachtete jeden meiner Schritte. Es war schwer, etwas vor ihr geheimzuhalten. Weil ich ihr nicht von Gregor erzählen wollte, schien es mir, als lüge ich sie mit meinem Schweigen jeden Tag an.

Nach der Schule setzte ich mich in die Kneipen und Cafés, in denen ich mit Evà gewesen war. Ich bestellte Kaffee und ein Glas Leitungswasser oder Tee mit Honig, und wenn jemand am Fenster vorbeilief, der Gregors Gang hatte und seine Größe besaß, drehte ich mich vom Fenster weg und zog die Schultern hoch. Gregor kam jedesmal herein, ohne daß ich ihn zuvor bemerkte. Er stellte einen Stuhl an meinen Tisch, obwohl dort noch freie standen, setzte sich und sah mich herausfordernd und belustigt an. Wir waren für wenige Stunden zusammen, wir redeten kaum.

Die anderen Menschen, die ich mit Evà getroffen hatte, wollten mehr von mir wissen. Sie legten ihre Hand auf meinen Arm, eine Geste, die ich nicht leiden konnte, weil sie eine Vertrautheit zeigte, die ich zu ihnen nicht besaß. Sie fragten mich nach meiner Familie, nach meinen Vorlieben und Abneigungen, und ich dachte mir etwas aus. Die Wahrheit konnte und wollte ich nicht erzählen.

»Ich habe eine Schwester«, erzählte ich, »sie studiert Meeresbiologie und ist seit einem Jahr verheiratet.

Meine Mutter hat auch einen neuen Mann. Aber sie versteht sich mit unserem Vater noch gut. Sie gibt ihm Ratschläge, wenn er sich mit Frauen trifft. Sie hat ein lautes Lachen, das man durch das ganze Lokal hören kann. Die Leute drehen die Köpfe nach ihr um und wollen sehen, wer so ungestüm lachen kann. Meine Schwester ist mir sehr ähnlich, wir sind wie Zwillinge, und jetzt ist sie schwanger, und es wird bestimmt ein Mädchen, in unserer Familie bekommen die Frauen immer nur Mädchen.«

Evà lachte und schenkte mir Wein nach, sie drückte ihr Knie unter dem Tisch an meines, um mir zu zeigen, daß es jetzt genug sei. Der Mann neben mir bot mir eine Zigarette an, ich nickte, tat, als ob ich rauchte, behielt den Rauch im Mund, stieß ihn durch die Nase wieder aus und zerrupfte die Servietten, die der Kellner unter jedes neue Weinglas legte.

Gregor fragte so etwas nicht. Er stellte andere Fragen, rücksichtsloser und direkter, er fragte: »Was ist, wenn es deine Schwester nicht gäbe, wärst du dann glücklicher?« Er fragte: »Warum wartest du hier auf mich, was treibt dich hierher?« Er fragte: »Würdest du mit mir schlafen, hier, vor allen Leuten?« Ich nickte, und Gregor lachte. »Natürlich«, sagte er, stand auf und ging. Gregor nahm keine Rücksicht.

Gregor und ich trafen uns im Park. Wir saßen neben alten Frauen, die Brotkrumen aus Plastiktüten fischten und an die Tauben verfütterten. Gregor rauchte und sah mich ab und zu von der Seite an. Ich schloß die Augen, weil die Sonne blendete, und wenn ich sie wieder öffnete, war Gregor aufgestanden und gegangen oder dichter an mich herangerutscht.

An Gregors Kühlschrank klebte ein Kinderphoto, auf dem ein Junge im Matrosenanzug ein Mädchen an der Hand faßte. Das Haar des Mädchens war lang und gelockt, sie kniff die Augen zusammen und schaute am Photographen vorbei aus dem Bild. In seinem Kühlschrank lag Schokolade und eine Schale mit Erdbeeren, in der Tür standen offene Rotweinflaschen, Gregor holte Gläser aus dem Schrank, wir tranken, und irgendwann schlief ich neben ihm auf dem Boden ein. Ein paarmal erwachte ich am späten Abend in seinem Bett, in das Gregor mich getragen hatte, vollständig angezogen, während Gregor auf dem Stuhl saß und mich betrachtete, so wie beim ersten Mal.

9.

»Laß uns noch mal zum See gehen«, sagt Gregor, fährt sich mit den Händen durchs Haar, reibt sich die Augen, diese hilflose Geste, mit der er versucht, sein Gesicht zu ordnen.

»Nein«, sage ich.

»Doch«, sagt Gregor und packt mich an beiden Schultern, ich drehe mich weg, aber Gregor ist stärker und schiebt mich die Verandatreppe hinunter in den Garten, in Richtung See.

»Das sind doch alles Hirngespinste«, sagt er und hält mich fest.

»Und Lina?« sage ich. »Lina ist also auch nur so ein Hirngespinst?«

Gregor läßt mich los, er setzt einen Fuß vor den anderen, langsam und genau und als warte er darauf, daß ich ihm folge. Nebenan läßt der Nachbar die elektrischen Außenjalousien herunter. Ich kenne die neuen Nachbarn nicht, sie haben Kinder, die Büsche zu unserer Seite sind ordentlich gestutzt, und dort, wo früher der Geräteschuppen stand, liegt buntes Plastikspielzeug neben einer Schaukel. Eine Puppe ist mit verdrehten Armen in den Sand eingegraben, Schlafenszeit.

Gregor steht in der Mitte des Gartens und streckt mir eine Hand entgegen, der andere Arm hängt schlaff an seinem Körper herunter. Gregor hat keine Kraft mehr.

Er sieht mich an, hilflos, bittend und wütend, aber keines dieser Gefühle ist stark genug, daß ich Gregor folgen wollte.

»Geh«, sage ich, »ich bleibe hier. Einer muß doch hierbleiben.«

»Wer ist der Klabautermann?« habe ich Lina einmal gefragt, und natürlich habe ich keine Antwort bekommen.

Mutter erzählte uns vor dem Zubettgehen auf Linas Bitte hin immer wieder die gleiche Geschichte, so wie ihre Mutter ihr diese Geschichte erzählt hatte. Manchmal änderte sie die Worte ein wenig ab, aber wenn sie das tat, protestierte Lina, und Mutter berichtigte sich.

»Wenn eine Mutter ihr Kind unter einem Baum vergräbt und wenn in einer Gewitternacht der Blitz in den Baum fährt und dieses Stück Holz in ein Schiff eingebaut wird, wird aus der Seele des Kindes der Klabautermann. Er spukt auf dem Schiff herum, hängt sich in die Takelage und treibt die Seemänner in den Wahnsinn durch seinen Gesang, mit dem er die Sirenen imitiert. Er verknotet die Schnürsenkel falscher Paar Schuhe, stiehlt Brot aus der Speisekammer. Er bildet aus Ertrunkenen Pärchen, indem er sie an Händen und Füßen mit Algen zusammenbindet, dann läßt er sie in tieferen Strömungen miteinander tanzen. Er narrt die Meerjungfrauen mit Spiegeln, in denen sie ihr eigenes Gesicht nicht erkennen. Er flüstert, wenn das Meer an der Küste zu Eisschollen gefriert, den Kindern ins Ohr, daß sie sich nicht zu weit hinaus auf den Strand zwischen die

Schollen wagen dürfen, weil das Wasser dahinter tief sei und kalt und jemand auf sie wartete, um sie hineinzuziehen.«

Unsere Mutter hatte einen Abscheu gegen offenes Wasser. Deshalb mußten wenigstens wir schwimmen lernen. Sie schickte uns zusammen in den Anfängerkurs im Hallenbad, und während ich Wasser schluckte und immer wieder beim Tauchen die Plastikringe auf dem Boden des Nichtschwimmerbeckens verfehlte, zog Lina ihre Bahnen. Unter der Dusche wartete sie auf mich, wir standen uns gegenüber und seiften uns ein, Lina hatte blaue Lippen, und ich rieb sie so lange mit dem Handtuch trocken, bis sie aufhörte zu zittern. Später ging Lina alleine ins Schwimmbad, und Mutter brachte uns am Abend nicht mehr zu Bett.

»Wer ist der Klabautermann für dich, Lina?« habe ich meine Schwester einmal gefragt, und anstelle einer Antwort zuckte Lina nur mit den Schultern und sah mich verächtlich an.

»Hier gibt es kein Meer«, sagt Gregor.

»Nein«, sage ich.

»Ich gehe dann jetzt«, sagt er und läßt die Hand sinken. Er dreht sich um, läuft das kurze Stück den Garten hinunter, steigt über den rostigen Zaun, einige der Holzpfähle sind umgekippt, der Maschendraht hat sich in den untersten Zweigen der Bäume verfangen, alles verfällt hier langsam und fast beruhigend sicher, es dämmert, und nur in unserem Haus brennt noch kein Licht. Gregor verschwindet im Wald, und ich drehe mich um.

Ich will das Haus nicht betreten, jetzt, da Gregor weg ist. Ich komme mir albern vor und so hilflos, daß es schmerzt. Durch das offene Fenster sehe ich das Geschirr, das sich im Spülbecken stapelt, zwei Fliegen summen um die Teller mit Essensresten, die Kühlschranktür ist nicht ganz geschlossen, auf dem Boden steht eine Pfütze. Ich gehe in den Garten und schaue zum Zimmer meiner Schwester hinauf, das Fenster ist geschlossen, ein loser Streifen Kreppband flattert am Holzrahmen, die Scheiben sind matt, wie beschlagen, als herrsche in ihrem Zimmer eine große Hitze.

»Lina«, sage ich, »ich bin da. Ich bin hier unten.« Es ist still. Niemand in der Siedlung ist unterwegs, kein Hund bellt, sogar die Vögel wippen ohne Laut auf ihren Ästen und schauen mir zu, wie ich mich hier, unter dem Fenster meiner Schwester, lächerlich mache. Ich weiß nicht mehr weiter. Ich warte immer noch auf ein Zeichen von ihr, eines, das sie mir wie früher senden könnte und das mir etwas Wichtiges sagt.

»Du weißt, was du tust«, sagte Lina drei Wochen später zu mir. In diesen drei Wochen hatte Lina mich angeschwiegen, und ich sah Gregor fast täglich, für wenige Stunden und ohne Versprechen oder dem Gefühl von Nähe, das ich gerne gespürt hätte. Wir trafen uns, wir saßen nebeneinander, und ich wartete, daß etwas Entscheidendes geschähe.

»Wie fühlt es sich an, wenn du so neben mir sitzt?« fragte Gregor, und ich wußte nichts zu erwidern. Ich dachte an Linas Stimme.

Einmal griff Gregor mich am Nacken, schob mich vor sich her durch die Wohnung, ich setzte mich in den Kleiderschrank, ich zog die Knie an die Brust und legte das Kinn darauf. Gregor lehnte die Türen an.

»Beschreib es mir«, sagte er.

»Was?« sagte ich.

»Beschreib es mir«, sagte Gregor.

Ich hörte, daß er sich mit der Hand durch die Haare fuhr.

Weil es keine Kleider gab, in die ich mein Gesicht legen konnte, weil es nicht nach Lavendel roch, sondern nach Schrank, stickig und staubig und nach feuchter Wäsche, stieß ich die dunklen Holztüren mit beiden Händen auf. Gregor stand vor dem Schrank.

»So geht das nicht«, sagte er.

»Nein, so nicht. Ich bin auch keine zehn mehr. Und ich bin nicht dieses Mädchen, von dem du ständig träumst«, sagte ich.

»Soll ich dich jetzt küssen, oder willst du mich schlagen?« fragte ich, und Gregor lachte.

»Du weißt, was du tust, oder nicht?« sagte Lina, und sie sagte es in diesem weichen, ein wenig vorwurfsvollen Ton, in dem Mutter manchmal mit mir gesprochen hatte. Lina entging nichts, kein Zwinkern, kein Stirnrunzeln, nicht die kurze Pause, die ich machte, um tief Luft zu holen und meiner Schwester ins Gesicht zu sehen und zu sagen: »Das geht dich nichts an. Ich will, daß das nur mich etwas angeht, verstanden?«

Ich brachte Gregor Blumen mit, die Lina gepflückt

hatte, kleine blaue und weiße Blumen. Sie wuchsen am Waldrand, Lina hatte sie mit den Wurzeln ausgerupft und achtlos auf den Küchentisch geworfen, bevor sie lautlos die Treppe hinauflief, die Sohlen ihrer rosafarbenen Söckchen waren schwarz von der nassen Erde im Garten.

Gregor ließ Wasser ins Spülbecken laufen und streute die Blumen hinein. Ich setzte mich an den Küchentisch und wartete.

Gregor ging nach nebenan, ich hörte, wie er durchs Zimmer lief, Sachen verrückte, eine Schublade aufzog, dann kam er mit einer Kamera in der Hand zurück, öffnete das Fach, legte einen Film ein, spulte, richtete das Objektiv auf meinen Bauch und drückte ab.

Gregor zog mich hoch, ich stellte mich vor das Fenster, die Sonne wärmte meinen Rücken und die bloße Haut an meinem Nacken über dem schwarzen Wollpullover. Gregor photographierte meinen Umriß vor der Nachmittagssonne.

»Schau nach links«, sagte er und drückte immer wieder auf den Auslöser. Der Wasserhahn tropfte, ein weiches Geräusch, auf das ich mich zu konzentrieren versuchte, um es gegen das Schnappen der Kamera zu setzen. Gregor ging aus der Küche, ich folgte ihm in das mittlere Zimmer, er legte sich auf den Boden, stellte die Kamera neben sich auf die Dielen, ich stand unschlüssig herum, draußen vor dem Fenster schoben sich mattgraue Wolken übereinander, ein plötzlicher Regen prasselte gegen die Scheiben, während die Sonne weiter schien und ein Glitzern in die Tropfen warf. Gregor zog mich herunter auf den Fußboden. Wir lagen eine Weile so da, und ich versuchte, meinen Atem seinem Rhythmus anzupassen. Es war stickig, das Licht der Nachmittagssonne, die zwischen den Wolken hervorstach, war gelb wie in einem Kokon. Ich lag neben Gregor, meinen Hinterkopf auf seinem Bauch, und preßte die Handballen in die Ritzen zwischen die Dielen, während ich darauf wartete, daß Gregor sich ausziehen würde oder mich oder uns beide. Ich nahm mir vor, keine seiner Handbewegungen zu vergessen, seinen Geruch nicht und auch nicht das Gefühl seiner Haut an meiner. Ich nahm mir vor, alles, was ich sah, mit Lina zu teilen, weil wir uns das als Kinder so versprochen hatten. Lina wollte dieses Versprechen noch immer halten, ich meistens auch.

Gregor nahm vorsichtig meinen Kopf in beide Hände, legte ihn auf den Holzboden neben dem Photoapparat ab wie etwas sehr Leichtes. Er zog im Liegen seine Jeans aus, die Gürtelschnalle schabte über das Holz, ein Schlüsselbund fiel heraus, er schob mein Kleid hoch und legte sich auf mich. Ich unterdrückte ein Husten. Durch einen Spalt zwischen meiner Brust und seinem Bauch sah ich sein rotes steifes Glied an meinem Oberschenkel, Gregor atmete langsam, ich wartete, ich wollte mich nicht bewegen.

Gregor lag damals in diesem mittleren Zimmer auf mir, bis ich ihn nicht mehr spürte. Das Nachmittagslicht war an den Rändern ausgeblichen. Dann rollte er von mir runter, sagte etwas, fragte etwas, ich lächelte. Ich legte den Arm über mein Gesicht, ließ nur den Mund frei und zeigte ihm dieses Lächeln. Dann stand ich auf, ging ins Bett und schlief.

Am Abend kochten wir Nudeln, Gregor röstete Pinienkerne und zerschnitt Basilikum mit einer großen Schere, er goß Öl dazu und füllte zwei tiefe Teller, wir aßen, und plötzlich mußte ich lachen, bis mir die Tränen in die Augen stiegen. Ich lachte, und ab und zu grinste Gregor mich an und fragte: »Was ist so komisch, mh?«

Er stand auf und holte die Kamera. Wir stellten uns unter die Küchenlampe, die einen weißen Trichter aus Neonlicht auf uns warf, Gregor streckte den Arm aus, richtete das Objektiv auf unsere von oben ausgeleuchteten Gesichter, drückte ab und ließ die Kamera sinken.

»Das sind also wir«, sagte ich.

»Ja«, sagte Gregor, öffnete das Fach und zog in drei langen schnellen Bewegungen den Film aus der Kamera.

10.

Gregor wiederholte sich in seiner Unverbindlichkeit und seinen zuschnappenden Fragen und Gesten. Nichts erschien mir sicher, alles befand sich in einem Übergangsstadium, und genau darin waren unsere Begegnungen beständig und wiederholten sich. Wahrscheinlich war es eine selbstverständliche Folge von Ereignissen, die dahin führten, daß er in Linas Türrahmen stand und zusah, wie sie sich zwischen die Beine griff. Als wären Gregors und meine gemeinsamen Handlungen von vornherein nur darauf ausgerichtet gewesen, daß Gregor meine Schwester so sehen durfte.

Ich wartete an der Bushaltestelle am anderen Ende des Dorfes auf ihn. Wir fuhren bis vor seine Haustür, sammelten ein paar Sachen in seiner Wohnung zusammen und warfen sie in den Kofferraum, Decken, Handtücher, Pullover, an der Tankstelle kauften wir Dosenbier, die Zigaretten legten wir ins Handschuhfach. Das Licht der tiefstehenden Sonne blendete. Gregor setzte eine alberne Fliegersonnenbrille mit braungetönten Gläsern auf. An den Ampeln zündete ich Zigaretten an und steckte ihm eine zwischen die Lippen, beim Anfahren und Bremsen fielen Aschestangen zwischen seine Beine auf das Polster. Ich schloß die Augen, Sonnenflecken hinter den Lidern. Ich dachte, daß ich meine Schwester genau jetzt und hier mit Gregor in seinem Auto auf dieser Straße, die aus der Stadt und weiter führte, im Stich ließ, weil ich ihr nicht von Gregor erzählt hatte und weil ich sie nicht mitnahm. Ich stellte mir vor, sie säße hinter mir auf dem Rücksitz, mit zusammengekniffenen Augenbrauen und ihrem ernsthaften Blick, in dem gelben Sommerrock, der kurz über den rotgescheuerten Knien endete. Wir würden »Ich sehe was, was du nicht siehst« spielen, Lina zuliebe. Ab und zu würde Gregor etwas einwerfen, einen halbherzigen Versuch: »Das dort, oder nein, die Frau mit dem großen Hut da drüben.« Lina würde den Kopf schütteln, sie würde nachsichtig lächeln dabei und dann zu mir sagen: »Du bist dran.«

Gregor würde nach dem Zigarettenanzünder greifen und den Rauch unters Autodach blasen. Am Abend würde Lina sagen, daß wir genau richtig röchen, nach dieser Mischung aus Hagebuttenshampoo, Autoabgasen und Rauch, die sich in unseren Kleidern und Haaren festsetzte. Nach Gregors Aftershave. Spätestens nach einer Stunde würde meine Schwester einschlafen, so wie sie immer und überall einfach einschlafen konnte, mit angezogenen Beinen. Sie hätte ihren Kopf gegen die Scheibe gelehnt, zwischen Hals und Schulter Gregors Pullover geknautscht, den er trug, als er in dem mittleren Zimmer seiner Wohnung so schwer und warm und unbeweglich auf mir lag. Der Kopf meiner Schwester würde bei jeder Unebenheit der Straße leicht gegen das Glas schlagen. Ich stellte mir Gregors unwillkürlichen Blick in den Rückspiegel vor, auf das gelbe Dreieck des Slips zwischen Linas Schenkeln.

Die Luft war trocken, und der Rauch biß in meinen Hals.

»Erzähl«, sagte Gregor.

»Ich träume zuviel«, hatte ich beim letztenmal gesagt.

»Ich träume, daß du mit Evà schläfst. Ich sehe deinen nackten Rücken, deinen Hintern, der sich rhythmisch hebt und senkt, ich sehe Evàs Hände, die schlaff auf der Bettdecke liegen. Ich sehe den goldenen Hochzeitsring meiner Großmutter, den Mutter nicht tragen wollte und den Vater nun aus der Schublade geholt und Evà zum Geburtstag geschenkt hat. Er ist ihr zu klein. Evàs Finger ist geschwollen und rot. Den wird sie auch mit Seife kaum mehr abbekommen. Wie eingewachsen sieht er aus. Aber ich höre nichts. Ich höre die Bettfedern nicht quietschen, ich höre Evàs Seufzer nicht, das Scheuern eurer Haut auf dem Laken. Ich höre dich nicht, wenn du kommst. Ich höre die Tauben auf dem Fensterbrett nicht, aber ich weiß, daß sie dort hin und her trippeln und gurren und sich die Augen nach euch ausstieren.«

»Warum denn Evà, wir kennen uns fast gar nicht«, hatte Gregor gefragt und mich an sich gezogen. Seine Hüftknochen hatten hart gegen meinen Bauch gedrückt.

Ich räusperte mich.

»Unter dem Sitz muß noch eine Flasche Wasser liegen«, sagte Gregor, rechts überholte uns ein Kleinbus, Gregor bremste scharf und fluchte. Mein Kopf knallte gegen die Armaturen, weil ich unter dem Sitz nach dem Wasser angelte. Ich ertastete etwas Weiches, Stoff mit Spitze, es war naß, ich zog die Hand zurück und hustete.

»Kein Wasser«, sagte ich, und Gregor zuckte mit den Schultern. Ich rieb meine Stirn. Meine Finger rochen süßlich, nach Frau, nach parfümierter Haut und Schweiß. Die letzten Häuser zogen an uns vorbei, das Grau der Stadtränder wurde Grün und Herbstgelb, wurde zu Feldern und Baumreihen, in einigen Abständen Bauernhöfe, Weiden mit Kühen und Pferden. Das endlose Licht; mein Gesicht in der Scheibe hatte rote Wangen. Gregor kurbelte das Fenster herunter, der Abendwind zog im Nacken.

»Wohin? Geradeaus?« fragte Gregor und legte eine Hand auf mein Knie.

Als wir genug hatten vom Wind und vom Rauschen der Autos, von der Weite, an der sich der Blick nicht festkrallen konnte wie sonst an den Leuchtreklamen und Werbeschildern in Gregors Straße, fuhr Gregor mich wieder nach Hause. Draußen vergaß ich sogar Lina. Gregor wendete, zog eine Schleife mitten ins Feld, etwas Hartes schlug gegen den Unterboden des Autos. Zurück auf der Straße, fuhr Gregor so lange Schlangenlinien, bis uns das erste Auto entgegenkam. Gregor kurbelte das Fenster wieder hoch, kurze Zeit später stand die Luft im Auto, Gregors Geruch nach Aftershave und Schweiß, nach Handcreme hüllte mich ein wie eine zu warme Decke. Ich öffnete die Fenster nicht, weil dieser starke Geruch in der geschlossenen Autokabine in diesem Moment das einzige war, das mich an Gregor anzog. Auch wenn er mir Übelkeit verursachte.

»Ich bring dir die Tasche noch hoch«, sagte er.

»Das brauchst du nicht, du kannst hier halten«, sagte ich, als wir an der Bushaltestelle vorbeikamen, aber Gregor fuhr bis vor das Gartentor, parkte, stieg aus und schulterte meine Sachen. An der Haustür wartete er, bis ich aufgeschlossen hatte, und ging vor mir ins Haus.

Linas Faust bewegte sich zwischen ihren Beinen. Sie preßte ihre Oberschenkel zusammen, bewegte die geschlossene Hand rauf und runter, mit der anderen fuhr sie sich über den Bauch und rieb ihre Brustwarzen zwischen den Fingern. Ihr Mund stand offen. Ich sah das Weiß ihrer Schneidezähne, die ein wenig schräg übereinanderstanden.

Lina hatte die Decke zurückgestrampelt, ein Streifen Abendsonne lag neben ihrem Gesicht. Ich wollte mir ein frisches T-Shirt aus dem Schrank holen, weil Lina immer meine anzog und sie nie zurücklegte. Hinter Gregor war ich die Treppe hinaufgegangen, Linas Tür war nur angelehnt, ich schob sie auf und lief, ohne meine Schwester zu bemerken, ins Zimmer an den Kleiderschrank. Ich griff in eines der Fächer, zog meinen Pullover heraus, und als ich mich umdrehte, stand Gregor dort, an den Türrahmen gelehnt, ganz in den Anblick meiner Schwester versunken, die ihre Hand zwischen den Beinen hin und her schob. Ihre geschlossenen Augenlider flatterten. Ich konnte mich nicht bewegen. Gregor drehte sich um und ging die Treppe hinunter. Ich sah seinen

Rücken, seinen breiten Nacken, die farblosen Haare, dann hörte ich, wie er unten ins Auto stieg und davonfuhr. Lina öffnete die Augen, atmete hörbar ein und aus und zog sich die Decke bis zum Kinn. Sie wickelte sich darin ein und drehte ihr Gesicht aus meinem Blick.

Ab diesem Tag klingelte das Telefon oft mitten in der Nacht. Wenn ich den Hörer abhob und hineinsprach, wurde aufgelegt. Das Knacken und anschließende Rauschen in der Leitung war alleine für Lina bestimmt. Sie stand barfuß am Telefon im Flur neben der Küche, in ihrem dünnen Nachthemd mit der kleinen aufgerissenen Naht an der Taille, sie atmete gleichmäßig in den Hörer, legte nach einer Weile auf, ging an den Kühlschrank und trank die Milch in großen Schlucken aus der Packung, sie leckte sich mit der Zungenspitze den Milchbart von der Oberlippe, ging ins Bett und schlief, während ich am anderen Ende des Flurs wach lag.

Wenn Gregor vorbeikam, hielt er sich nicht an die verabredete Zeit, er traf mich in Kleidern an, die ich nur zu Hause trug, in Unterwäsche, im Bademantel, in Handtücher gewickelt. Gregor setzte sich in die Küche, kochte Kaffee, öffnete die Tür zum Garten, so selbstverständlich, als hätte er das immer schon getan, und ich konnte nichts dagegen einwenden. Evà sah mich von der Seite an und gab Gregor die Hand.

»Laß uns zum See gehen«, sagte Gregor und zog mich hinaus.

Draußen auf dem Wasser tauchte Linas roter Haarschopf auf und ab. Gregor setzte sich ans Ufer und beobachtete sie. Er zündete eine Zigarette an und schob sie mir zwischen die Lippen.

»Ziehen«, sagte er. Ich hustete, wischte mir über die Augen, Gregor lachte, nahm mir die Zigarette aus dem Mund, rauchte und schnippte die Kippe ins Wasser. Er stand auf, zog sich die Jeans und das Hemd aus, watete durch das Schilf ins Wasser, als es tief genug war, ließ er sich nach vorne fallen, schüttelte, als er wieder auftauchte, den nassen Kopf und kraulte auf meine Schwester zu. Hinter mir raschelte es. Ich drehte mich um, aber da war nichts.

Gregor war in der Mitte des Sees, als Lina untertauchte.

»Was will Gregor von mir, und was bekommt er von dir?«

Lina fragte das, zwei Monate nachdem Gregor ihr gefolgt war, um auszuprobieren, wie die Worte klangen und was sie anrichten würden. Wenn ich morgens aufstand und mir den Schlaf aus den Augenwinkeln und Wimpern rieb, tat Lina am anderen Ende des Flures das gleiche. Es gab sicher Momente, in denen wir dasselbe dachten. Ich antwortete nicht, weil Lina keine Antwort brauchte.

Lina tauchte an meiner Uferseite aus dem Wasser auf, prustend und mit rotem Kopf, die Ader an ihrer Schläfe pochte. Sie hob Gregors Hemd auf, zog es über, drehte sich um, winkte ihm zu. Dann nahm sie mich an der Hand und zog mich nach Hause.

Es folgten Tage, an denen ich Gregor wieder für mich alleine hatte. Ich fuhr in die Stadt, Gregor kochte Tee, und wir legten uns in Kleidern in sein großes Bett, jeder unter einer eigenen Decke, aber unsere Beine verkeilten sich ineinander, und Gregor legte seine Hand auf meinen Bauch oder auf die Stirn, und mit der Zeit vergaß ich ihn. Bis ich ihn nicht mehr fragen wollte, an wen er gerade dachte, an dieses Mädchen, das er einmal als Junge gekannt hatte, an meine Schwester oder an mich. Bis ich nicht mehr auf seine Fragen wartete und auch keinen Gedanken mehr an die Erwartungen verschwendete, die er, als er mich in dieser Hotellounge zwischen den ganzen anderen Frauen ansprach, schon an mich gerichtet hatte.

Gregor sagte diese Sätze, die mit »Dieses Mädchen und ich«, begannen und die er um mich legte wie einen zu großen Mantel. Diese Sätze enthielten Vergleiche mit einem Menschen, der ich nicht war. Ich konnte diesen Vergleichen nicht standhalten, auch wenn Gregor das am Anfang gedacht haben mußte. Lina schien ihr viel mehr zu ähneln als ich.

»Deine Schwester hat die gleichen Haare«, sagte er einmal.

»Meine sind nur kurz«, sagte ich.

»Ihre sind genauso gelockt«, sagte Gregor und nickt zum Kühlschrank, an dem das Photo mit dem Matrosenjungen und dem Mädchen hing und Staub ansetzte. Einige Spritzer Bratfett klebten auf den Bäuchen der beiden Kinder. Das Mädchen schaute zur Wohnungstür, als überlegte es sich einen Fluchtweg.

»Ich bin nicht die, die du suchst«, dachte ich. Gesagt habe ich es nie zu ihm.

Gregor kam auch zu uns nach Hause, wenn ich nicht da war. Ich traf ihn am Gartentor.

»Ich hab keine Zeit«, sagte Gregor und musterte mich kurz. Er nahm meine Hand, betrachtete sie, dann schüttelte er den Kopf, strich mir über die kurzen Haare, stieg in sein Auto und fuhr davon. Kies spritzte auf, als die Räder beim Anfahren kurz durchdrehten, und traf mich am Schienbein. Lina stand am Küchenfenster und beobachtete uns. Ihr Gesicht war leer, ausgeruht und alles andere als hungrig, nicht so wie sonst.

Lina hörte nicht mehr auf das, was ich ihr sagte. Sie gewöhnte sich eine Handbewegung an, als verscheuche sie ein kleines Tier.

»Laß«, sagte sie.

Evà beobachtete uns einige Wochen lang. Dann zog sie jeden Abend den Telefonstecker aus der Buchse für die Nacht.

II.

Als wir noch kleiner waren, lud Vater am Abend manchmal Freunde ein. Sie saßen im Wohnzimmer und spielten Karten, sie rauchten und redeten schnell. Ich brachte ihnen Bier, das Vater im Eisfach gestapelt hatte, und blieb zwischen den Stühlen im Geruch der Aftershaves und Pfeifentabaks stehen. Lina beobachtete mich von der Tür aus. Einer von Vaters Freunden besaß eine Anglerhütte unten am See, im Sommer liehen wir uns sein Boot, fuhren hinaus und ließen uns auf dem Wasser treiben. Die Mücken zerstachen unsere Arme und Beine, und wenn es zu heiß wurde, sprang Lina kopfüber ins Wasser, das Boot schaukelte, fast fiel ich hintenüber. Dieser Freund unseres Vaters hatte Lina die Katze geschenkt. Er war schlecht rasiert, aber er lächelte uns immer höflich zu. Nach dem Tier hatte er nicht mehr gefragt, was Lina ihm hoch anrechnete. Ich hielt ihm die geöffnete Bierflasche hin. Er nickte, streckte die Hand aus, ließ sie in der Luft hängen und sah mich an. Ich haßte es, wenn einer von ihnen so ein Kinderspiel mit mir spielte. Er zögerte, nahm die Flasche und drehte sich halb zu meinem Vater.

»Was hat dieses Kind für Augen«, sagte er, schob die andere Hand unter mein Kinn und musterte meine dunkle Iris, »schön, wie nichts Gutes.«

Ich drehte den Kopf aus seiner Hand und suchte Linas Blick. Etwas Hartes blitzte in ihren Augen auf, sie drehte sich um und ging die Treppe hinauf.

Als Kind fand ich meine Schwester nicht schön. Sie war mager, fast knochig und sehr klein. Ich hielt meine gebräunten Knie und Arme an ihre blasse Haut, die sich im Sommer ungesund rötete. Später jedoch konnte ich mich nicht satt sehen an ihr. Ich war neidisch auf ihr Haar, das knisternd um ihren Kopf stand, auf die Sommersprossen um ihre kleine Nase, auf ihre Biegsamkeit. Lina roch anders als ich. Sie roch nach abgestandenem Wasser, nach Hagebutten, nach zu lange getragenen Slips, nach Haarspray. Sie roch süß und cremig, sie roch mit vierzehn schon wie eine erwachsene Frau und tat Dinge, die nur ein Kind tun würde, mit dem Gleichmut einer alten Frau.

»Wir sind nicht nur gegen das Glück abgehärtet, sondern auch gegen alles andere, was uns passieren könnte«, sagte Lina. Das wohlige Erschrecken in ihrem Blick, mit dem sie nur mich ansah, meine Furcht. Lina lief über die Kreuzung, schaute sich im Gehen nach mir um, um sich zu vergewissern, daß ich, ihre große Schwester, ihr dabei zusah, wie sie das Glück herausforderte, und stellte sich in den Verkehr.

»Du bist feige«, hatte sie zu mir gesagt, als ich nach dem Kino mit dem Bus nach Hause fahren wollte und keine Lust hatte, wie Lina vorschlug, die Landstraße entlangzulaufen oder per Anhalter weiterzufahren. Daß ich müde sei, hatte ich gesagt, und daß ich keine Lust auf irgendwelche Spielchen besäße. Im Kino hatten sich unsere Ellenbogen auf der Armlehne berührt, wir hatten aus einem Pappbecher Cola getrunken, und ich hatte mir die Augen gewischt, als Lina an den traurigen Filmstellen nicht weinte, sondern mich anstieß vor Begeisterung. Wir unternahmen nur selten etwas zusammen, es war Linas Idee gewesen, und jetzt sah ich auch, warum.

»Oder vielleicht bist du nicht feige, sondern einfach nur langweilig«, sagte Lina; es klang sehr mitleidig.

Die Fußgängerampel sprang auf Rot um, Lina machte zwei große Schritte nach vorne und stellte sich in die Mitte der Fahrbahn. Ich wollte wegschauen, ich hörte die Hupen der Autos, das Reifenquietschen, als ein Fahrer das Lenkrad zur Seite riß, um meiner Schwester auszuweichen, und dabei in ein parkendes Auto krachte. Lina hatte die Augen geschlossen. Sie stand ruhig und ohne sich zu bewegen auf der breitesten Straße der Stadt, dem Autobahnzubringer, und versank völlig in sich. Ich öffnete den Mund, ich schloß ihn wieder, ich atmete flach.

»Gleich«, dachte ich, »gleich«, aber ich wandte den Blick nicht ab. Als der Autofahrer an ihr vorbei in das parkende Auto fuhr, zuckte Lina zusammen, schwankte, dann fing sie sich wieder.

Die Fußgängerampel sprang auf Grün, die Autos hielten, der Mann stieg aus seinem Wagen, Lina öffnete die Augen, lief zu mir, griff meine Hand und rannte.

Auf dem Heimweg grinste Lina und zitterte, und sie steckte mich an mit diesem Zittern. Wir liefen die Landstraße entlang, ab und zu streckte Lina ihre Hand mit erhobenem Daumen heraus, aber keines der Autos hielt. Jeder dritte Schritt von Lina war ein Hüpfer.

»Ein Hut, ein Stock, ein Re-gen-schirm, und: vorwärts, rückwärts, seitwärts, ran, Hacke, Spitze, …«, ich stieß sie in die Seite, Lina stolperte, fiel auf die Knie, es knackte.

»Laß den Quatsch«, sagte ich und zog sie hoch. Ich packte ihren Arm, hielt ihn umklammert und zog sie weiter. Lina hob die Füße nicht richtig, und ich lief zu schnell. Lina stolperte mehrmals, schlug hin, wimmerte, irgendwann ließ ich sie los. Ich drehte mich nicht nach ihr um.

Lina und ich hielten den Abstand zueinander ein. Keiner fragte die andere nach Gregor. Lina wuchs. Lina kaufte sich neue T-Shirts, die ihr nach kurzer Zeit nicht mehr gefielen. Sie bediente sich an meinem Kleiderschrank, und ich trug Mutters lange Kleider, die Evà mir zurechtnähte. Lina schminkte sich mit meiner Wimperntusche, Lina rasierte sich die Beine, die Achseln, Lina saß auf dem Teppich vor der Wanne und rieb sich mit einem Bimsstein die Hornhaut von den Füßen. Sie lackierte sich die Fußnägel mit meinem Nagellack, und an ihren schmalen langen Füßen sah das Rot gut aus. Sie versprühte Unmengen von Parfum und Haarspray, so daß ihr Haar wie eine Wolke von ihrem Kopf abstand. Dann scheuchte ich sie aus dem Bad.

Lina klopfte an die Badezimmertür.

»Du redest im Schlaf«, sagte sie.

Ich wusch mir die Hände, hinter meiner linken Schläfe pochte es, ein Zucken unter dem Augenlid. Unter dem Waschbecken lag einer von Linas Slips, die sie überall achtlos herumliegen ließ, bis Evà sie einsammelte, in die Waschmaschine stopfte und sie dann weithin sichtbar in einer Reihe auf die Wäscheleine im Garten hängte, von wo meine Schwester sie naß herunterriß. Ich hob das Höschen auf und stopfte es in den Mülleimer neben der Badewanne. Lina klopfte an die Tür.

»Willst du wissen, was du so erzählst?« fragte sie.

Seit ich in Mutters Zimmer schlief, schlich Lina sich wieder mitten in der Nacht zu mir ins Bett. Sie wollte ihre Füße wärmen, die kalt waren vom nackten Herumstehen im Flur am Telefon. Wenn Lina die Augen geschlossen hatte und flach und ruhig zu atmen begann, schlug ich die Decke zurück und ignorierte die Gänsehaut auf ihren nackten Schienbeinen und Unterarmen. Ich schob sie hinaus, schloß die Tür ab, löschte das Licht, lag im Bett und preßte mich in die Kuhle, die Mutters Körper in die Matratze gelegen hatte. An meiner Nase kitzelte ein einzelnes rotes Haar. Wo meine Schwester gelegen hatte, war das Laken zerwühlt und warm. Ich rückte auf die andere Seite des Bettes, die Wärme, die ihr Körper zurückgelassen hatte, ertrug ich nicht.

»Und du machst Geräusche«, sagte Lina durch die Tür, »als ob du mit jemandem intim wirst.«

Draußen hatte es zu regnen begonnen, Wind trieb die Äste gegen das Fenster, ich drehte die Heizung auf, es gluckerte. Intim werden. So hatte Mutter geredet, das waren nicht Linas Worte.

»Ich kann mir das bei dir nicht vorstellen, auch mit Gregor nicht«, sagte Lina.

Ich öffnete die Tür. Lina hockte auf dem Boden, die Beine an den Oberkörper gezogen, die Stirn auf die Knie gelegt.

»Warum nicht?« fragte ich, und Lina hob den Kopf und sah mich erwartungsvoll an.

»Warum nicht?« sagte ich noch einmal. Lina zuckte mit den Schultern.

»Darum nicht«, sagte sie und kniff die Augen zusammen, »beweis es mir.«

Als es am nächsten Morgen zur vierten Schulstunde klingelte, hockte ich mich auf die Klobrille. Es brannte beim Pinkeln, ich biß die Zähne aufeinander und schaute durch meine Beine in die Kloschüssel, das Sperma tropfte zähflüssig in meinen Urin. Ich nahm meinen Slip, stopfte ihn in meine Tasche und zog die Jeans hoch. Ich schob mir gefaltetes Klopapier in die Hose, die Jeansnähte scheuerten im Schritt, ich unterdrückte den Brechreiz und spülte. Vor dem Waschbecken riß ich den Reißverschluß meiner Jacke rauf und runter, strich mir sinnlos und mit zittrigen Händen über das kurze Haar. Im Spiegel lächelten mich Strichmännchen an, daneben standen fremde Namen, mit rotem Edding gemalt. Ich zog das feuchte Klopapier mit den Spermaresten des Austauschschülers aus der Hose und warf es in den Müll. Mit Wasser konnte ich den Geruch an meinen Fingern nicht abspülen.

Abends klopfte Lina an meine Zimmertür. Ich drückte ihr wortlos meinen Slip in die Hand, sie knetete das Stück Stoff zu einer Kugel, ihr Blick sprang im Zimmer hin und her, ich saß mit angezogenen Knien auf dem Bett, zwischen meinen Beinen brannte es.

Lina setzte sich auf das Bett, rollte sich zusammen und legte ihren Kopf in meinen Schoß. Wir saßen eine halbe Stunde so da. Lina atmete tief und ruhig, ich schob meine Hände in ihr Haar, das sich wie eine Decke über meinen Schoß und die Beine legte, und schloß die Augen. Lina ließ ihre Hand in meine Pyjamahose gleiten und legte sie auf die pochende Stelle zwischen meinen Beinen. Ich stieß sie nicht weg, ich hielt still. Lina lehnte sich an mich, aber kurz bevor sie einschlief, zog ich ihre Hand hervor und schubste sie von der Bettkante.

»Was machst du«, sagte ich. Lina blinzelte. Sie sah gekränkt aus und sehr klein. Sie ging aus dem Zimmer und schlug die Tür zu.

In der Nacht träumte ich von dem Austauschschüler, von seinen Händen. Wochenlang war er um mich herumgeschlichen, hatte seine Füße unter dem Tisch zwischen meine Beine geschoben, hatte mir Zettel in die Mappen und den Spind gelegt.

»Der könnte Gregors kleiner Bruder sein«, sagte Evà, als wir ihn in einer Kneipe trafen. Er lachte mir vom Tresen aus zu, trank Bier wie Wasser, und ich hielt mich abwechselnd an Evàs warmer Hand und an meinem Weinglas fest. Evà zahlte, ich wartete vor der Tür, Nebel stand seit Tagen zwischen den Häusern, die Autos schwammen im Grau vorbei, Evà hakte sich bei mir unter. Wir liefen durch die feuchte kalte Luft nach Hause, ich sah unsere Füße nicht, der Nebel verschluckte uns bis zu den Knien. An der Haustür drückte Evà mir ein abgerissenes Stück Bierdeckel mit seiner Telefonnummer in die Hand.

»Morgen, in der großen Pause«, sagte ich zu ihm, während Lina neben mir an der Flurwand lehnte und nickte, ich legte auf, ohne seine Antwort abzuwarten.

Ich träumte von seiner Zunge in meinem Ohr, von der kalten Wand der Toilettenkabine an meinem Bauch, wie er viel zu schnell von hinten in mich eindrang und sich bewegte, beide Hände in meine Hüfte gekrallt. Ich hörte mein aufgesetztes Stöhnen und sein echtes, hoch und leise wie das Weinen eines Kindes. Ich hörte die Klospülung, die Stundenklingel, den Reißverschluß seiner Hose, seinen feuchten Kuß auf meine Wange, das Klappen der anderen Kabinentür, als meine Schwester ihren Beobachtungsposten verließ und zum Erdkundeunterricht ging.

»Aber das war nicht Gregor«, sagte sie.

Lina weckte mich mit einem nassen Waschlappen, den sie mir aus sicherer Entfernung ins Gesicht warf.

12.

Im Gegensatz zu mir, erzählte Lina von ihren Treffen mit Gregor, und auch Gregor schilderte mir die Begegnungen mit meiner Schwester in allen Einzelheiten.

»Stell dir vor«, sagte Lina einmal und lachte, »ich finde das schön.«

Wir saßen auf der Veranda, Lina hatte mich nach draußen gerufen, sie hatte so lange meinen Namen durchs Haus geschrien, bis ich mich zu ihr unter den Regenschirm setzte.

»Hier regnet es doch gar nicht«, sagte ich und rückte meinen Stuhl dichter an sie heran. Lina hielt den großen schwarzen Regenschirm über unsere Köpfe und Rücken. »Doch«, sagte sie und zeigte mit der freien Hand auf die Löcher in der Verandaüberdachung, durch die der Regen tropfte und die Vater nicht reparierte. Evà hatte Eimer darunter gestellt. Auch im Bad leckte es über der Wanne durch die Decke. Evà hatte, wo sie konnte, die morschen Ecken des Dachvorsprungs mit Frischhaltefolie verklebt. Darunter begann es zu schimmeln.

»Gregor hat gefragt, wovor ich Angst habe«, sagte Lina.

»Und was hast du gesagt?« fragte ich.

»Vor nichts«, sagte Lina und lachte, »aber das wollte er nicht hören.«

Lina ließ den Regenschirm über unseren Köpfen rotieren. Wassertropfen spritzten in meinen Nacken. Um uns herum sammelten sich Pfützen auf dem Boden, Vater drehte das Radio in seinem Zimmer lauter und schloß das Fenster.

»Er hat keine Ahnung«, sagte Lina. Sie blickte geradeaus in den Wald, von den Büschen und Bäumen fielen Tropfen, ein unentwegtes nasses Rascheln und Zittern in den Blättern.

»Und weiter«, sagte ich.

»Nichts weiter«, sagte Lina, zog die Nase hoch und sah mich von der Seite an.

»Ich würde alles machen. Weil es mir egal ist«, sagte Lina, »aber das weiß er nicht.« Ich konnte meiner Schwester nicht ins Gesicht sehen, weil ich nicht wissen wollte, was sie wirklich dachte.

Ein anderes Mal saß ich in den abgeriebenen Polstern von Gregors Sesseln. Gregor rauchte und schnippte die Asche in einen ausgehöhlten Stein, den Lina am See aufgesammelt und ihm mitgebracht hatte.

»Deine Schwester ist im Schrank sitzen geblieben«, sagte er, »im Gegensatz zu dir.« Er drückte die Zigarette im Stein aus. »Aber ich konnte sie nicht schlagen, ich mußte sie in den Arm nehmen. Sie ist so anders als du«, sagte er leise. Er stand auf und öffnete das Fenster.

Lina hatte sich aufs Bett gelegt, Gregor hatte ihr Schuhe, Socken und den Rock ausgezogen, dann hatte er seinen Rasierschaum auf ihrer Scham verteilt und meine Schwester rasiert. So erzählte Gregor es mir an diesem

Nachmittag. Die Polster seiner Sessel kratzten an den Unterarmen, sie rochen nach Keller, das ganze Zimmer war neblig vom Rauch, Gregor zündete eine Zigarette an der anderen an, während er am Fenster lehnte und mir seinen Rücken zeigte, und ich konnte nicht sagen, daß er aufhören solle, über meine Schwester zu reden. Ich hörte ihm einfach nur zu.

»Ich habe mir vorgestellt, wie sich schon nach wenigen Stunden die ersten Stoppeln durch die Haut schieben«, sagte Gregor, »ich habe sie zugedeckt, und sie ist sofort eingeschlafen.« Er drehte sich um und sah mich an. Die Zigarette zwischen seinen Fingern verglühte, ohne daß er einen Zug nahm, irgendwann fiel die Asche auf den Boden.

»Als Kind habe ich mir den Tod weiblich vorgestellt. Eine Frau mit aufgestellten Brustwarzen, die im Türrahmen auf mich wartet.«

Gregor lachte und ließ die Zigarette fallen.

»Jetzt bin ich mir allerdings nicht mehr so sicher.«

Dieser Satz klang falsch aus seinem Mund. Wenn Gregor etwas war, dann war er sich sicher. Er stellte sich neben den Sessel, legte mir seine Hände um den Nacken wie einem Kind.

»Und, was machen wir jetzt?« fragte er und rieb seine Stirn an meinem kurzen Haar.

Lina machte Gregor zu unserer neuen Herausforderung.

Lina war zart und nachgiebig und eigen. Sie war bereit, Dinge zu tun, die ich nicht tun wollte und um die

Gregor mich nicht bat. Lina hatte auf jede seiner Fragen eine Antwort, sie ließ sich an- und ausziehen, sie setzte sich stundenlang in einen Sessel und ließ Gregors Blick auf sich ruhen, sie ließ sich anfassen, vorsichtig und als wäre sie dieses Mädchen, von dem Gregor so oft redete, als wäre sie sein eigenes Kind. Ich konnte mich nicht so nackt reden vor ihm, und ich habe mich nie so vor Gregor ausgezogen, wie Lina es ständig und mit Hingabe tat. Wenn Gregor mir etwas erzählte, stellte ich Fragen und gab Widerworte. Ich dachte an unseren ersten gemeinsamen Abend, an seine Worte, daß jede Erfahrung abrufbar im Körper gespeichert sei, und fand sie nicht. Wenn ich Gregor traf, war er mir vertraut; fremd war er mir, wenn ich an Lina dachte und sein Gesicht und seine Hände dabei ansah. Lina wollte seinen Erinnerungen gerecht werden, ich wollte sie mir aneignen, weil ich wissen wollte, wer Gregor war. Lina wollte Handlungen, ich wollte Stillstand und seine Blicke und Worte wie: »du erinnerst mich an«, »laß uns doch« oder »wir beide«.

Die Herausforderung für Lina bestand darin, sich den Bildern in seinem Kopf anzugleichen. Vor allem aber wollte sie ihn, weil ich ihn zuerst wollte.

13.

Als ich mit Vater im Wohnzimmer saß, eines dieser selten Male, bei denen Vater mich zu sich rief, neben sich auf das Sofapolster klopfte, »Setz dich«, sagte und Luft holte, weil er noch etwas ganz anders sagen wollte, etwas, was er sich aufgespart hatte für einen solchen Moment, in dem er schnell, ohne Pause und ohne den Blick zu heben, reden konnte und mich erst ansah, nachdem das, was sich in ihm angestaut hatte – diese wenigen harten Sätze – , aus ihm heraus war, da war Lina auf dem Weg zu Gregors Wohnung, wie immer mittwochs nachmittags. Gregor stand unter der Dusche und sang *I always have to steal my kisses from you.* Das war seine Antwort auf meine Frage gewesen, was die Unterschiede zwischen meiner Schwester und mir seien.

»Zwischen uns dreien«, hatte Gregor mich verbessert und in Richtung des Kinderphotos am Kühlschrank genickt. Daß es keine gäbe, hatte er gesagt, daß da nichts sei, was er benennen wolle, und daß ich nicht solche albernen Fragen stellen solle.

»Bist du eifersüchtig?« hatte er gefragt und gelächelt.

Vater hatte Mutters Zimmer seit zwei Jahren nicht mehr betreten. Wenn er etwas von mir wollte, dann klopfte er und wartete vor der Tür, bis ich mich zu ihm in den Flur stellte und seine Fragen beantwortete, ihm seine Tackermaschine oder die Stifte, die ich mir aus seinem Schrank genommen hatte, zurückgab. Dieses Mal bat er mich hinunter. Er wartete im Wohnzimmer auf mich, schlug mit der flachen Hand auf das Sofapolster neben sich. Die Vorhänge waren halb zugezogen, im Garten des Nachbarn ging der Rasensprenger an und warf einen schmalen Bogen aus Tropfen über die Hecke auf die Beete, in denen Evà Basilikum und Salbei zog. Ich setzte mich in den Sessel gegenüber und kreuzte die Arme vor der Brust.

»Ich habe das nicht ausgehalten. Ich mußte es mir immer wieder vorstellen«, sagte er.

Vater legte seine Hände auf die Falten in der Mitte seiner Cordhosen.

»Was?« fragte ich und sah ihn an.

»Daß sie von einem anderen kam und noch sein Sperma in sich hatte«, sagte Vater.

Ich schüttelte den Kopf, und er seufzte. Er strich sich durchs Haar, das an den Schläfen grau wurde.

»Ich will mir nichts mehr vorstellen«, sagte Vater, »du verstehst das, du bist alt genug dafür.« Vaters Schultern zuckten, ich hatte ihn nie zuvor weinen gesehen, und kam mir fehl am Platz vor.

Eine Woche, nachdem Mutter diesen leeren Raum in unserm Haus zurückgelassen hatte, den weder ich noch Evà füllen konnten, hatten wir hier schon einmal so beieinander gesessen. Über unserem Haus hatten die Möwen gekreischt, die Lina vom Fenster aus mit Brotrinden fütterte. Vater hatte sich nach einem langen Schweigen mit dem Rücken zu mir ans Fenster gestellt, seine Schultern hatten gezittert, aber er weinte nicht. Er stand dort und zitterte. Ab und zu flog eine Amsel direkt vor seinem Gesicht gegen die Scheibe. Dieses dumpfe Geräusch, wenn der Körper gegen das Fenster schlug, abrutschte und zu Boden fiel. Vaters Zittern habe ich mir eingeprägt, und immer, wenn ich an Vater denke, sehe ich ihn so und höre das Geräusch der Amseln, die aus Furcht vor den Möwen gegen unsere Fenster flogen oder weil sie die Scheiben, in denen sich die Bäume und der Himmel spiegelten, einfach nicht sahen.

Als Lina am Abend den Weg zum See hinunterlief, ging ich mit und sammelte die Vögel in einen alten Kopfkissenbezug, den wir im Garten vergruben. Die Augen der Tiere waren offen und blank, die Federn verklebt.

»An Verirrung«, sagte Lina, »sie sind an Verirrung gestorben.«

Jetzt saß Vater vor mir, er hatte die Füße in den karierten Hausschuhen gerade nebeneinander auf die Dielen gestellt, und die Vorstellung, daß auch er sich Gedanken um Mutter gemacht hatte, war mir fremd. Vater stand auf, ging an den Schrank und kam mit zwei Gläsern, einer großen und einer kleineren Flasche zurück. Er schenkte erst mir, dann sich selbst Whisky ein, hob sein Glas, trank es in vielen kleinen Schlucken leer, schob die braune Arzneiflasche über den Tisch zu mir. »Das ist das, was hilft, wenn nichts mehr hilft. Habe ich jedenfalls mal gedacht«, sagte er.

»Und Evà?« sagte ich.

Vaters Mundwinkel zuckten, langsam legte sich ein Lächeln über sein Gesicht, als dächte er an etwas Rührendes und sehr weit Entferntes; wie er sich als Kind im

Löschteich an der Entengrütze hatte festhalten wollen und die Nachbarin ihn hinausgezogen und an ihre großen weichen Brüste gedrückt hatte. Wie er Evà, damals hinter dem Weinzelt, mit einem Papiertaschentuch das Gesicht saubergewischt und mit der Fingerkuppe ihre schmerzhaft schön geschwungene Oberlippe nachgezogen hatte, die eingerissenen Mundwinkel. Vielleicht auch, wie er das erste Mal die schlecht verheilte Narbe an Mutters linker Pobacke entdeckt hatte – von der sie selbst nicht wußte, woher sie stammte –, sein Erstaunen darüber und seine kleine, kurze und feige Abneigung, sie dort zu berühren.

Vater faltete seine Hände, runzelte die Stirn und starrte auf das Muster seiner braunen Cordhosen, die an den Knien heller wurde.

Ich stand auf und ging in die Küche. Am Kühlschrank hingen zwei Bilder, die ich als Kind gemalt hatte, während Mutter, schwanger und mit roten Wangen, in der Küche Brot gebacken hatte. Auf dem einen Bild war eine Kugel, ein großes rundes Ei zu sehen, darin ein Monster mit wirrem Haar und spitzen Zähnen. Mutter hatte es dorthin gehängt. Ich ging in den Garten und weiter, den Weg zum See hinunter, um auf Lina zu warten.

Das Wasser schwappte zwischen den Schilfhalmen am Ufer, es gluckste und flüsterte. In einem der Schrebergartenhäuser am anderen Ufer brannte eine Kerze im Fenster, das Licht flackerte, dann trat jemand heran und löschte sie mit zwei Fingern. Ich stand am Ufer und stellte mir Gregors schmale Hände vor, die den Rasierschaum zwischen Linas Oberschenkeln verstrichen. Ich stellte mir ihre Gänsehaut vor und seinen Blick, auf die weiche Stelle unterhalb ihres Bauches. Aber die Bilder überlagerten sich, weil selbst ich meine Schwester noch nie so ausgeliefert und zart gesehen hatte und weil ich auch nicht wollte, daß Gregor sie so sah.

Lina kam nicht.

14.

»Wenn du nicht hochkommst, spring ich«, rief Lina. Ich hatte nur auf diesen Satz gewartet.

Lina stand auf dem Dachfirst, wiederholte die Worte, einmal, zweimal, mit immer hellerer Stimme, sie sah sich suchend nach mir um, und als sie mich endlich entdeckt hatte, nickte sie, atmete einmal tief ein, ihr Brustkorb hob und senkte sich, die Sonne stand hinter ihrem Rücken, ich erkannte Linas Umrisse, nicht aber ihr Gesicht. Meine Schwester drehte sich ins Profil und legte in aller Ruhe ihre Kleider ab. Sie hängte den Rock, den Gregor ihr in der Stadt gekauft hatte, an die Fernsehantenne, griff sich in den Rücken und öffnete umständlich den BH, den sie sich aus meiner untersten Kommodenschublade, dort, wo die Zeichnungen von Mutters immer gleichem Gesichtsabdruck lagen, genommen hatte und der ihr zu groß war. Ich hatte den gleichen Rock anprobiert, Gregor hatte vor der Kabine gestanden und gewartet, der Stoff war gelb, so wie sonst nur die Kleider meiner Schwester, und ich sagte, er wäre mir zu eng. Eine Woche später trug Lina ihn.

Lina hatte mit diesem Spiel begonnen, ohne daß ich etwas bemerkt hatte. Wir hatten nichts ausgemacht, keinen Einsatz und auch kein »Was ist, wenn ...«. Aber als ich sie dort oben stehen sah, wie sie mit den Füßen Halt suchte und nackt zu mir hinunterwinkte, wußte ich, daß spätestens in einer halben Stunde auch Gregor hier neben mir im Garten stehen würde und daß Lina es sich genau so ausgedacht hatte.

»Was gibst du ihm und was ich? Und was gibt er dir und was mir?« hatte sie mich einige Tage zuvor gefragt.

»Worauf willst du hinaus?« hatte ich gesagt.

»Auf nichts«, sagte Lina und zog eine Augenbraue hoch.

»Also?« sagte ich.

»Also – werden wir sehen«, sagte Lina und ruckte den Kopf hin und her wie ein Huhn. Sie wußte genau, wie sie mich zum Lachen bringen konnte. Ich war daran gewöhnt, daß sie solche Sätze sagte, daran, sie zu vergessen, und daran, nicht nachzufragen, was Lina wirklich meinte. Und weil ich auch dieses Mal keine Antwort auf die Frage hatte, wer von uns beiden wichtiger sei für Gregor, wer unverzichtbar sei, provozierte Lina dort auf dem Dach diese Antwort für uns.

Aus Vaters Fenster dudelte leise Schlagermusik.

Ich hielt die Briefe in der Hand, die ich in Linas Schrank gefunden hatte, unter einem Stapel neuer gelber Unterhöschen, an denen noch die Preisschilder hingen. Die Blätter waren Schwarzweißkopien, die Originale schienen im Luftraum zwischen Linas Zimmer und dem Briefkasten des Austauschschülers verloren gegangen zu sein, denn es gab keine Antworten, nur eine halbgerauchte Schachtel Zigaretten und eine Werbepackung mit Kondomen in verschiedenen Geschmacksrichtungen. Die Briefe waren numeriert, einige fehlten, unterschrieben waren sie alle mit meinem Namen. Ich hatte eines der silbernen Tütchen aufgerissen, das dünne rote Kondom auseinandergerollt und angeleckt, statt nach Erdbeeren schmeckte es nur nach Latex. Ich legte die Packung unter Linas Kopfkissen und nahm die Briefe mit. Sie waren in der weichen runden Schrift meiner Schwester geschrieben, lange Wortketten, mit denen Lina mein Leben ausschmückte, sich selbst hinzudichtete und die Symbiose aus uns mit meinem Namen unterschrieb, in harten schnellen Buchstaben, die nicht zum restlichen Schriftbild paßten.

Und jetzt stand Lina auf dem Dach, drückte die Schultern durch, selbst im Profil war ihre Brust so klein, daß ihr Oberkörper fast gerade in Taille, Po und Beine überging.

»Wenn du nicht raufkommst, spring ich«, rief Lina und hob ein Bein an, streckte es nach hinten und beugte den Oberkörper vor, sie kippelte vor und zurück, dann blieb sie gerade durchgestreckt in der Waage stehen und sah zu mir hinunter.

»Hörst du?« rief sie.

Ich wollte mich Linas Wünschen nicht beugen, dieses eine Mal. Ich wollte sehen, wie lange sie es dort aushielt, und wahrscheinlich nahm ich sie auch nicht mehr ernst. Linas Knie zitterte.

»Wir sind nur, was wir ausprobieren«, hatte Gregor zu mir gesagt. Wir hatten Dame gespielt, und Gregor verlor nacheinander vier schwarze Steine, so war es immer. Ich spielte mit den weißen, und Gregor nahm die schwarzen Spielsteine und schob sie verbissen über das Brett. Wir spielten, ohne zu reden, wir spielten, ohne den anderen anzusehen, wir schoben die Steine über das Brett und begannen nach jeder Partie sofort von vorne. Gregor hatte sich einen Fernseher gekauft, Tag und Nacht flimmerten Nachrichten und Musikvideos über den Bildschirm, und das Zimmer war, wenn es dunkel wurde, in ein kaltes blaues und beständig flackerndes Licht getaucht. Gregor und ich spielten und tranken. Gregor schenkte mir nach, ich wußte immer, daß er mich betrunken machen wollte, und ließ es jedesmal zu, letztendlich schliefen wir im selben Bett ein, jeder unter einer eigenen Decke, und meine Hände suchten nach seinen im Schlaf. Gestern hatte ich sie auf seine Hüften gelegt, weil die Haut dort wärmer war und seine Finger zu kalt, und Gregor hatte meine Hände nicht fortgeschoben.

»Das machst du absichtlich«, sagte ich vorher, als Gregor die Steine verlor, »laß das.«

Den gleichen dummen Satz rief ich jetzt zu meiner Schwester hinauf. Sie mußte meilenweit zu sehen sein. Aus einer Nische unter dem Schornstein fischte sie eine Packung Zigaretten, zog mit den Zähnen eine heraus und hob das Kinn, als gäbe ihr jemand Feuer. Sie sah zum Waldrand hinüber.

Vater erschien am Fenster, den Telefonhörer zwischen Schulter und Kinn geklemmt, er winkte mir zu und schloß die Läden.

Gregor und seine Hände, das waren getrennte Sachen, Lina sprang nicht.

Hinter mir raschelte es, ein Tier, das meine Schwester beobachtete, ein Hase, Marder oder Waschbär. Der Nachbar hatte unseren Vater vor den Waschbären gewarnt, er verklebte seine Mülltonnen mit Paketband, nachts schreckte ich vom Klappern der Deckel hoch, die Tiere flüchteten schnell, zurück blieben aufgerissene Müllsäcke, ab und an fehlte ein Huhn. Die Waschbären kamen und legten in Sauerampfer gewickelte Brombeeren auf unsere Veranda, Bastschalen mit Erdbeeren oder Sträuße mit Wiesenblumen, deren Stiele vom Saft zusammenklebten, und wahrscheinlich hatten die Waschbären alle ein rotes Muttermal, daß sich über die linke Gesichtshälfte zog und nachts wie eine Maske war.

Aus dem Augenwinkel nahm ich einen Schatten wahr, der sich durch den Garten über die Veranda aufs Haus zubewegte. Das Geräusch eines Düsenjets am Himmel. Lina stellte sich auf die Zehenspitzen und streckte beide Hände nach oben, als das Flugzeug tief über unser Dach hinwegflog, Gregor hinter meiner Schwester erschien und sie zu sich riß. Von dort, wo ich stand, sah es aus, als hätte sie sich einen Moment an den Flügeln des Jets festgehalten. Lina schrie auf, sie fiel, und es polterte. Ich drehte mich zum Wald um, ein Sperling hockte mir gegenüber auf einem Ast und glotzte mich an. Ich setzte mich ins Gras, zitterte. Nach einer Weile bog Gregor um die Ecke und schob meine Schwester vor sich her.

Lina sang: »Miau, miau, hörst du mich schreien, miau, miau, ich will dich freien, folgst du mir, hoch auf die Dächer … mhmhmmh«. Sie blieb vor mir stehen, sah mich an und kicherte. »Miau, miau, komm geliebte

Katze, miau, miau reich mir deine Tatze.« Sie kniete sich vor mich und verknotete ihre Hände in meine. »Du hättest mich nicht heruntergeholt«, sagte sie und blickte auf ihre Schuhspitzen. Gregor legte ihr eine Hand auf die Schulter. »Komm«, sagte er und sah über mich hinweg. »Doch«, sagte ich, aber da war Lina schon mit Gregor hinter der Hecke verschwunden. Sie stiegen in sein Auto ein, erst schlug Gregor die Tür zu, dann Lina, der Sperling streckte die Flügel und flog davon, der Ast zitterte. Dann war es still.

Nach dem Damespiel war Gregor aufgestanden und in die Küche gegangen. Er kam mit einem Brotmesser zurück.

»Und jetzt?« sagte ich.

»Mach, was du willst«, sagte er und richtete die Messerspitze auf meinen Bauch, »ich sehe dir dabei zu.«

»Nein«, sagte ich, »ich bin nicht Lina.«

Gregor lehnte sich aus dem Fenster. Ich sammelte die Spielsteine zusammen.

»Komm«, sagte Gregor, »laß uns schlafen spielen.«

Ich stellte mich neben ihn, preßte meine Schulter zwischen seinen Oberarm und den Fensterrahmen. Wir sahen auf die regennasse Straße hinaus, in den Pfützen spiegelten sich unsere Fenster, in den anderen Häusern schliefen die Menschen schon, nirgendwo sonst brannte Licht.

Ich lauschte auf Gregors Atem und wartete, bis er eingeschlafen war, dann kroch ich zu ihm unter die Decke und legte meine Hände auf seine Hüften. Gregor zuckte im Schlaf, er flüsterte und schmatzte. Ich dachte an Lina, und zum erstenmal kam mir der Gedanke, daß Gregor mir egal sein könnte. Daß ich mich nur entscheiden müßte, zwischen meiner Schwester und ihm.

Ich hörte, wie Gregor den Motor startete, wie der Kies aufspritzte, wie meine Lippen den Namen meiner Schwester formten, wie es hinter mir im Wald raschelte, wie das Wasser am See zwischen den Halmen gluckste; ich preßte meine Hände auf die Ohren und blieb im Garten liegen, bis es dunkel wurde. Dann ging ich ins Haus, legte mich in das Zimmer meiner Schwester und schlief in ihren zerwühlten Decken ein.

Am Morgen und von da an in regelmäßigen Abständen lagen Mirabellen und Löwenzahnblüten unter dem Küchenfenster oder auf den Stufen der Veranda. Evà füllte Teller und Schalen mit den Früchten, aber niemand aß sie, nach wenigen Tagen schwirrten Fruchtfliegen in der Küche. Einmal probierte ich eine der grünen Mirabellen, und die Säure explodierte zwischen meinen Zähnen.

Wenn ich morgens früh aufstand, weil ich zur Schule mußte, um dort meine letzten Klausuren zu schreiben, stand im Garten immer schon ein Schatten, der sich bewegte. Der Mann mit dem Muttermal folgte meiner Schwester mit Blicken überallhin. Er tauchte immer und überall für kurze Zeit auf und verschwand genauso plötzlich wieder. Er pflückte Vergißmeinnicht, sammelte die ersten Kastanien auf und legte sie zu Ornamenten auf die Holzdielen der Veranda. Lina lief achtlos hindurch. Ich steckte einige in meine Taschen und fuhr mit den Fingern über die glatte braune Haut. Gregor verlor kein Wort über den Tag, an dem er Lina vom Dach geholt hatte, aber etwas hatte sich zwischen uns verändert. Wenn er eine von uns anrief, dann war es Lina.

»Und wie geht es jetzt weiter?« sagte ich zu Lina.

»Jetzt«, sagte sie »müssen wir warten.«

15.

Gregor ist vom See zurückgekommen. Er ist ins Haus gegangen, meine Version der Geschichte möchte er nicht hören. In der Küche klappert er mit dem Geschirr, er wäscht ab, Berge von Geschirr, und summt dabei laut vor sich hin, als stände er als kleiner Junge in einem dunklen Kohlenkeller, in dem es spukt.

»Wir müssen warten«, hatte Lina gesagt, und das taten wir.

Lina liebte es, nackt und verletzlich zu sein, und Gregor konnte sie immer weiter entblößen, bis auf Mark und Knochen. Ich brachte ihr Handtücher und meine Kleider, ich deckte sie zu, wenn ich nach Hause kam und durch ihre immer offen stehende Zimmertür sah, daß sie die Decke im Schlaf weggestrampelt hatte. Lina warf meine Kleider und Handtücher nach kurzer Zeit ab wie eine falsche, überflüssige Haut.

Einmal hatten Gregor und ich einen Abend lang stumm beieinander gesessen. Wir hatten mit den Füßen über den Boden gerieben und die Beine übereinander geschlagen, es gab nichts zu sagen, und irgendwann später, als der Mond schon am Baukran vor Gregors Fenster hing und uns auch dazu nichts einfiel, fuhr er mich nach Hause. Ich ging die Treppe hinauf, in mein Zimmer, öffnete das Fenster und drehte mich um, und Mutter stand in ihrem alten Nachthemd mit den roten Tupfen in meiner Tür, ein Schattenriß gegen das Flurlicht. Ihr Haar stand vom Kopf ab, das Hemd war durchsichtig, und im Gegenlicht schimmerten ihre schmalen Beine durch den Stoff. Sie hatte abgenommen, früher noch rieben ihre Schenkel in engen Hosen gegeneinander beim Laufen. Mutters Geist ging zurück über den Flur und fuhr sich mit der Hand durch das rote Haar.

»Sie ist weg«, sagte Lina.

Der Saum des Nachthemds streifte ihre Hacken beim Gehen. Vor ihrer Zimmertür zog sie sich den Stoff über den Kopf und ließ ihn neben sich fallen, und am Morgen lag Mutters Nachthemd dort wie eine dünne abgeworfene Haut.

Einige Monate später, an dem Tag, ab dem ich nicht mehr zur Schule ging, zog ich zu Gregor in die Stadt. Ich zog zu ihm, weil er es mir vorschlug und weil Lina nur mit den Schultern zuckte, als ich es ihr erzählte.

»Mach, was du willst«, sagte sie, sammelte die Beeren von der Veranda, die, wie fast jeden Morgen, dort lagen, und schob sie sich auf einmal in den Mund. Sie preßte die Faust auf ihre Lippen, der rote Beerensaft rann aus ihrem Mundwinkel, tropfte von ihrem Kinn, ihre Nasenflügel zitterten. Sie drehte sich um und lief den Garten hinunter, kletterte umständlich über den Zaun, verfing sich in den Zweigen, riß ungeduldig an den dünnen Ästen, bis sie ihr Haar wieder freigaben, und verschwand zwischen den Bäumen.

Ich warf Kleider und Bücher in meine Reisetasche, obenauf legte ich ein Photo, das ich beim Putzen unter dem Küchenschrank gefunden hatte und auf dem noch niemand von uns vieren fehlte.

Gregor und ich sahen uns selten. Anfangs roch das Bett noch nach seinem Aftershave und meinem Duschgel, einige Wochen später nur noch nach meinen verschwitzten Träumen, in denen Lina und ich Hand in Hand liefen. Ich verschlief die Tage, stand nicht vor dem Mittag auf, wenn die Sonne bereits lange schien, ging ich einkaufen, Brot, Kaffee und Milch. Ich sortierte die Rechnungen und Werbeprospekte aus dem Briefkasten, öffnete alle Fenster und legte mich in das mittlere Zimmer auf den Boden, und wenn Gregor nach Hause kam, oft mitten in der Nacht, weckte er mich und legte seine Hand auf meine Stirn. Ich schlief, um nicht nachdenken zu müssen.

»Du stellst keine Fragen mehr«, sagte ich zu ihm, und statt einer Antwort zog er mich in den Flur vor den mannshohen Spiegel, legte von hinten seine Hände um meine Taille und erwiderte meinen Blick, bis ich wegsah.

»Was erwartest du denn?« sagte er, drehte meinen Kopf mit beiden Händen zu sich herum und küßte mich schnell und hart auf den Mund. Flüchtig schmeckte ich Lina, ihren süßen, herben Speichel.

Als das Telefon klingelte, zuckte ich zusammen.

»Evà fragt, wie es dir geht«, sagte Lina.

»Er ist nicht da«, sagte ich.

»Ich weiß«, sagte Lina und pustete ins Telefon.

Ich legte auf.

»Bist du bei ihr, wenn du nicht hier bist?« fragte ich Gregor.

»Sei nicht kindisch«, sagte er.

Gregor ging ins hinterste Zimmer, warf sich aufs Bett, unten vor dem Haus ging die Alarmanlage eines Autos los. Unter der Dusche ließ ich das heiße Wasser auf meine Schultern prasseln, bis mir schwindelig wurde von der Wärme, ich drückte den Duschkopf zwischen meine Beine, bis der Wasserstrahl schmerzte und mein Bauch sich zusammenzog. Als ich ins Schlafzimmer kam, lag Gregor mit offenem Mund auf dem Bett und schlief.

Gregor blieb nächtelang weg. Von dem Fenster im hintersten Zimmer schaute man auf eine Brandmauer aus rotem Backstein. Auf dem Sims saßen am Abend die Tauben, den Kopf unter die Flügel geschoben, wenn ich nur lange genug hinsah, schlugen sie mit den Flügeln und zogen den Kopf ein Stück weit hervor, um nach dem nächsten Vogel zu hacken. Ich schaute oft auf diese Mauer zwischen mir und der Stadt. Ich kochte Tee, den ich in der Kanne kalt werden ließ, ich öffnete die Wohnungstür, ging in den Hof, stellte mich in die Mitte unter alle Fenster und wartete, bis das automatische Licht wieder ausging. Ich klingelte bei Gregor und stellte mir den hellen Ton in der leeren Wohnung vor und daß ich nur zu Besuch wäre, daß Gregor gekocht hätte, daß Kerzen auf dem Tisch ständen, daß wir etwas zu reden hätten, das über meine Schwester und mich hinausginge, daß wir vertraut miteinander wären und ich die Unterarme auf den Tisch legen würde beim Lachen. In der Nachbarwohnung ging das Licht an, und ich wußte plötzlich, was ich in diesen Zimmern alles liegen lassen würde: mein Handtuch im Bad mit den schwarzen Halbkreisen von der Wimperntusche, meine Kritzeleien auf dem Notizblock neben dem Telefon, wenn ich auf das Freizeichen im Hörer lauschte und wartete, daß meine Schwester oder Evà ans Telefon gehen würden. Etwas war falsch und blieb es auch, das letzte Blühen der Herbstachillen in Gregors Hof endete in einer gelben Verwüstung, und Lina begann mit ihren täglichen Anrufen.

Zweimal klingelte am Morgen das Telefon, zweimal am Abend. Ich kaufte einen Anrufbeantworter und hörte mir an, was meine Schwester zu sagen hatte. Sie stellte neue Tauchrekorde in der Badewanne auf, sie erzählte, wie der Nachbar mit einem Ruck den Hühnern den Hals umdrehte, wie aufgeregt sie gackerten zuvor und wie die Federn bis zu ihrem Fenster hochstiebten, wenn die Putzfrau des Nachbarn die Tiere rupfte. Sobald Lina auf Mutter zu sprechen kam, stellte ich den Ton ab. Später löschte ich die Selbstgespräche meiner Schwester, ohne sie gehört zu haben.

Wenn Gregor da war, blieben die Anrufe aus, aber da er die meiste Zeit mit meiner Schwester verbrachte, wachte ich, so wie früher, jeden Morgen von ihrer Stimme auf. Ich stellte das Band auf endlos, um zu sehen, wie lange Gregor bis zu meiner Schwester brauchte, Lina redete, hustete, schwieg, im Hintergrund klingelte es an der Haustür.

»Du bist wie Mutter«, sagte Lina, »und ich wäre gerne wie du.«

Seltsamerweise war es Lina, die diesen Satz schließlich sagte. Nicht ich. Ab dem nächsten Morgen blieben die Anrufe aus.

16.

Lina schlief, als ich ankam. Die Jalousien waren heruntergelassen, das Licht war grell, wie es nur am frühen Morgen ist, wenn die Luft noch kalt ist. Ich war hinausgefahren und wollte meine Winterkleider holen, ich hatte sie in Mutters Schrank gelassen. Die Treppe schlich ich hinauf, erst auf der linken, dann auf der rechten Seite, damit die Stufen nicht knarrten, im Bad drehte Evà die Dusche auf und summte. Oben war es still. Linas Tür stand offen, Schuhe lagen herum, ein einzelner Socken, eine Plastiktüte mit Schmutzwäsche, Haargummis. In meinem alten Zimmer waren die Fenster geschlossen, es roch nach kaltem Zigarettenrauch, auf der Fensterbank standen ein Aschenbecher mit halbgerauchten Zigaretten und ein Fernglas. Ich nahm meine Tasche aus dem Schrank, drehte am Fernglas, bis der See scharf vor meinen Augen stand, darunter die Baumspitzen, auf der Straße lief jemand in einem hellen Hemd auf unser Haus zu und blickte direkt in mein Gesicht.

Evà sang, drehte die Dusche aus, der Nachbar erschien im Garten, schob die volle Regentonne über den Rasen, hob den Deckel, kippte sie um. Ein Schwall Wasser ergoß sich über den Weg, Blätter schwammen darin, der Nachbar rollte die Tonne zurück unter die Regenrinne, zog sich die Hose hoch und ging ins Haus, hinter mir knarrten die Treppenstufen.

Gregor saß mit dem Rücken zur Tür auf Linas Bettkante. Meine Schwester lag in Unterwäsche auf dem Rücken, den Kopf zur Seite gedreht, das Haar über dem Gesicht bewegte sich beim Atmen, sie schnarchte leise. Die Decke lag zusammengeschoben am Fußende. Gregor zog seine Hose aus. Ich sah zu, wie er Daumen-, Zeige- und Mittelfinger zur Pistole ausstreckte, so wie wir es als Kinder taten, wenn wir Cowboy und Indianer spielten und immer einer tödlich getroffen ins Gras fiel. Ich sah zu, wie er die andere Hand auf Linas Oberschenkel legte, ihre Beine auseinanderdrückte und am Slip vorbei zwei Finger in meine schlafende Schwester schob. Gregor bewegte die Hand, wurde schneller, als Lina im Schlaf ihr Gesicht zur anderen Seite drehte, er beugte sich über sie, hielt inne und wartete, bis sie wieder tief und regelmäßig atmete, und begann von vorne. Ich unterdrückte ein Husten, unten im Badezimmer öffnete Evà das Fenster, Gregor zog die Hand zurück, und Lina drehte sich auf den Bauch.

Ich sah, wie Gregor sie vorsichtig zudeckte, damit sie nicht aufwachte, den unteren Teil der Decke bis zum Po hochschlug und sich rittlings auf meine Schwester kniete. Evà öffnete die Badezimmertür und ging in die Küche, sie klapperte mit der Kaffeekanne, ließ Wasser laufen, öffnete die Tür zur Veranda, das Fliegengitter knirschte in den Angeln, ich stand im Flur herum und preßte mein Gesicht an die Wand. Ich hörte Gregors schnellen Atem, sein unterdrücktes Stöhnen, ein dünner Luftzug erreichte mich von draußen. Ich ging zurück in Mutters Zimmer, das mein Zimmer geworden war und in dem

Lina sich schon jetzt, wenige Monate nachdem ich gegangen war, in meinen zurückgelassenen Sachen ausgebreitet hatte. Mit der Fußspitze schob ich die Zigarettenasche zu einem Haufen zusammen, die Treppe knarrte zum zweitenmal, und durch das Fernglas sah Gregor in seinem weißen Hemd sehr klein aus, wie er den Weg entlangging, hinter dem Wald abbog und aus meinem Blickfeld verschwand.

Lina schlief noch immer, als ich eine halbe Stunde später ins Bad ging und einen Waschlappen unter das warme Wasser hielt. Ich wusch ihre Oberschenkel, schob die Spitze des Lappens ein Stück weit zwischen ihre Beine, Lina trat nach mir, und ich deckte sie zu.

Als ich nach unten kam, meine Tasche über der Schulter, und zur Bushaltestellte lief, stand Evà rauchend im Garten und schnitt die Blütenreste von den Rhododendronbüschen.

Furcht entsteht, wenn wir lieben. Ich habe nie Mutters Furcht um uns gespürt, noch Vaters Angst. Nimm keine Bonbons von Fremden, vergiß die Sonnencreme nicht, schwimm nicht zu weit hinaus, schau in dein Glas, bevor du trinkst, eine Wespe könnte drin schwimmen. Das sagten andere Eltern zu anderen Kindern.

Einmal fiel ich die Treppe hinunter, ich sagte es niemandem, ich hatte Vaters und Mutters Gespräche belauscht und war auf der obersten Treppenstufe eingeschlafen. Ich weiß nicht mehr, welcher Teil meines Körpers mir weh tat. Lina schob mir Coldcreme und eine Schachtel mit Pflastern zu.

Ein anderes Mal war ich in den See eingebrochen, und meine Schwester legte sich nach meinen Anweisungen, die ich ihr wassertretend und mit kaltstarren Lippen zurief, sofort flach auf das Eis. Sie wickelte den Schal von ihrem Hals, warf ihn aus, ein Ende um ihr Handgelenk und den dünnen Oberarm geknotet, und zog mich so Stück für Stück aus dem Wasser. Wir glaubten beide, daß sie mir damals das Leben gerettet hatte.

Jetzt trafen Lina und ich uns nur noch selten, wenn, musterte sie mich, roch an mir, drückte ihre Nase an meinen Hals und pustete Luft auf meine Haut, bis ich sie wegschob. Wenn wir uns zum Abschied umarmten, wurde sie steif in meinem Arm, zitterte, meine kleine Schwester, für Sekunden nur. Dann hupte Gregor, der schon vorgegangen war, Lina machte sich los und rannte die Treppe hinunter, ich stellte mich ans Fenster, sah zu, wie sie ins Auto stieg und ihr Rock über die Knie rutschte, wie Gregor in den Verkehr einbog, ohne den Blinker zu setzen.

Ich begann, mich vor Lina zu ekeln. Ich ertrug die Vorstellung von Gregor und Lina, die nackt zusammen, womöglich ineinander verschlungen waren, nicht. Nur der Gedanke an Linas Haut, an ihre Venen, die an den Schläfen und Handgelenken pulsierten, bereitete mir keinen Abscheu. Linas Haut, die immer frisch gewaschen und voller Sommersprossen war.

Ich kann mir nicht vorstellen, daß Gregor sich je die Frage gestellt hat, ob er Furcht um eine von uns haben sollte.

Er ist vom See zurückgekommen, ohne ein Wort ins Haus gegangen und hat begonnen, das Geschirr abzuwaschen. Die Fliegen summen um seinen Kopf, während ich draußen auf der Veranda auf der Treppe sitze und einem Eichhörnchen zusehe, das seine Nüsse sucht und sie nicht wiederfindet. Mein Kopf ist leer. Ich verlangsame meine Erinnerungen, ich präge mir jedes Bild genau ein, damit ich bei Lina bin und sie mir nicht verlorengeht. Die Sonne steht weiß über dem Wald, in spätestens einer Stunde wird es dunkel sein.

Ich habe immer gedacht, es gäbe etwas Letztes, Innerstes, das wir für uns behalten würden. Aber entweder gab es das nicht, oder Lina scherte sich nicht darum. Sie kratzte alles aus sich heraus, sie stülpte sich nach außen, und ich versuchte mich über Gregor mit diesem letzten Rest von ihr aufzufüllen, um ihr nah zu sein. Lina fragte mich einmal, was es sei, das mit Gregor. Ich konnte es ihr nicht erklären. Lina und ich, wir saßen in seiner Wohnung, in diesem mittleren Zimmer, in dem Gregor ganz am Anfang einmal versucht hatte, mit mir zu schlafen. Gregor war seit zwei Tagen nicht mehr dagewesen. Am zweiten Tag hatte meine Schwester an der Tür geklingelt, und ich ließ sie hinein. Ich staunte über ihre Selbstverständlichkeit, mit der sie in die Stadt gefahren war und vor der Tür stand und sagte: »Da bin ich, keine Angst, ich bin nicht deinetwegen hergekommen, aber ich freu mich, dich zu sehen, du siehst gut aus.« Das stimmte nicht. Ich konnte ihr Gregor nicht erklären, ich hatte ihr nie zuvor etwas erklären müssen. Ich konnte nicht sagen: »Lina, es gab keine Erregung zwischen uns, es gab etwas anderes, das du kaputtgemacht hast.« »Lina, wir können ihn uns doch teilen«, konnte ich auch nicht sagen.

»Und was machst du sonst?« fragte sie, ohne mir ins Gesicht zu schauen. »Nichts Besonderes«, sagte ich und sah dabei an ihr vorbei in eine andere Ecke des Zimmers, in der sich Staubflocken zusammenklumpten. Als Gregor nicht kam und ich nichts zu sagen hatte, ging Lina. Ich konnte ihr damals nicht sagen, daß es am Anfang einen Moment gegeben hatte, in dem ich mich und Gregor gefühlt hatte, und daß dieser Moment jetzt für mich ausreichen mußte, weil alles, was danach kam, nicht mehr nur mit Gregor und mir zu tun hatte, sondern immer mit Gregor und Lina und dann erst mit mir.

»Warum«, sage ich zu Gregor, der hinauskommt, die Hände an der Hose abwischt und meinem Blick folgt, »warum bist du heute morgen zum See gegangen, was wolltest du da?«

Gregor kniet sich vor mich.

»Wo hättest du denn zuerst nachgesehen?« sagt Gregor.

»Warum hast du nicht aufgepaßt? Warum hast du mich erst heute mittag angerufen und nicht gleich, als sie fort war?« frage ich.

»Weil das nicht meine Aufgabe ist, auf sie aufzupassen«, sagt er, »ich dachte, sie schläft.«

»Trotzdem«, sage ich.

Gregor schüttelt den Kopf.

17.

Und dann ging Evà. Sie hängte noch am Morgen die Wäsche im Garten zum Trocknen auf, so wie immer, obwohl es schon zu kalt war. Die Kleider wurden steif, fast hätte man die Fasern mit den Händen brechen können. Sie hängte die Wäsche der Größe nach auf, die Kopfkissenbezüge neben die Bettücher, dann Vaters Hemden, meine Pullover, die ich für Lina dagelassen hatte, die Röcke, dann Linas T-Shirts in Kindergröße, ihre zitronengelbe Unterwäsche und Evàs eigene gepolsterte BHs. Und an diesem Morgen, an dem Evà ging, stand der Mann mit dem Muttermal hinter den Bettlaken, stopfte eines von Vaters Hemden in eine Plastiktüte, dann ein Handtuch, er nahm vorsichtig, indem er die Wäscheklammern einzeln löste, Linas Slip von der Leine, riß noch zwei Paar Wollsocken ab und verschwand im Wald.

So erzählte Lina es mir am Telefon.

Sie stand am Fenster, der Mann hob den Kopf, nickte ihr zu, kletterte über den Zaun des Nachbarn, riß dabei einen der Mülltonnendeckel hinunter, es klapperte, und am Nachmittag lag eine Handvoll Maronen auf der Verandatreppe.

Ich war ans Telefon gegangen. Lina hatte seit einem Monat nicht angerufen, ich hatte auf ihre Stimme gewartet.

»Ich bin's«, sagte sie. »Ich weiß«, sagte ich und hielt den Hörer fest.

Eine Woche zuvor war Lina mit Evà in die Stadt gefahren, sie hatten Gemüse gekauft, Obst und Heftklammern für Vater, Lina ließ sich die vollen Taschen nicht abnehmen, beim Gehen schlugen sie gegen ihre Waden, vor dem Wäschegeschäft blieben sie stehen und betrachteten die Auslage.

»Wir könnten uns etwas kaufen«, sagte Lina, aber Evà schüttelte den Kopf. »Ein anderes Mal«, sagte sie, zündete sich eine Zigarette an und schnippte die Asche in den Rinnstein. Lina ließ die Taschen in einer Pfütze stehen und kam eine Viertelstunde später aus dem Geschäft zurück. Evà lächelte und trank Cola aus einem Pappbecher mit Werbeaufdruck.

»Und?« fragte sie.

»Nichts«, sagte Lina und lief zum Bus. Auf der Heimfahrt juckten die Preisschilder an ihrem Rücken.

»Ich hab meine Unterwäsche auf den Bügel gehängt, und wahrscheinlich trägt die jetzt schon jemand anderes. Die schwarze habe ich eine Woche lang angehabt und dann im Wäschekorb in Vaters Hosentasche gesteckt«, sagte Lina und blies Rauch ins Telefon.

Evà hatte die fremde Unterwäsche zu den anderen in den Garten gehängt, sie hatte ihre Sachen zusammengepackt, war für knapp eine Stunde in Vaters Arbeitszimmer verschwunden, Lina hatte sie reden gehört, und dann war Evà gegangen. Die Wäsche hatte sie auf der Leine hängen gelassen, und dort hing sie noch immer, als Lina mich anrief.

»Evà hat doch nur auf einen Grund gewartet«, sagte Lina leichthin, »hier hält es doch niemand lange aus.«

Sie zog die Nase hoch und schwieg. In der Leitung knackte es. Ich setzte mich in Gregors Flur auf den Boden, neben den kleinen Schrank, auf dem das Telefon stand, und als Lina immer weiter schwieg, legte ich auf.

Dann suchte ich Gregors Wohnung nach einem Telefonbuch ab, weil ich Evà anrufen wollte, fand statt dessen nur Geschenkpapierschleifen, eines von Linas Haargummis und eine Zigarrenkiste aus Holz. Der Deckel war mit Paketband verklebt, mit der Küchenschere ritzte ich das Band und öffnete die Schachtel und sah in Gregors Gesicht, wie er als Halbwüchsiger gewesen sein mußte, hervorstehende Wangenknochen, strähnige Haare, großporige Haut auf der Nase. Er blickte gelangweilt in die Kamera, an der rechten Augenbraue hatte er sich einen Streifen freirasiert. Die Schachtel war voll mit solchen Photos. Zuunterst lagen Ultraschallbilder, auf denen zwei Embryos umeinander schwammen. Vielleicht war das zweite Kind auch gar kein Kind, sondern nur die gefüllte Blase, ein Teil der Gebärmutter, ein Schatten. Ich klebte die Schachtel zu und schob sie zurück unter den Schrank.

Gregor schob seine Hände auf meinem Kopf hin und her. Ich wachte vor dem Bett auf dem Boden auf. Lina kämmte sich jeden Abend vor dem Spiegel, hundert Bürstenstriche vor dem Zubettgehen. Lina kämmte sich in Gregors Auto, ihre langen Haare wickelten sich um den Rückspiegel, die Kupplung, die Knöpfe von Gregors Hemd. Ich schob Gregors Hände weg und stand vom Boden auf. Die Leuchtziffern des Weckers blinkten regelmäßig, es war kurz nach Mitternacht, Gregor legte seine Hände zurück auf meinen Kopf und preßte die Handflächen um meinen Schädel. »Was ist?« sagte ich, seine Hände waren warm.

»Wann hast du deine Schwester das letzte Mal gesehen?« sagte er.

»Schon eine Weile her«, sagte ich und legte meine Hände auf seine. Kurz kribbelte es in meinem Bauch.

Gregor ließ mich los, schlug die Decke zurück, er zog sich aus, stieg umständlich ins Bett, klopfte mit der flachen Hand neben sich auf die Matratze, und ich setzte mich zu ihm, in Kleidern. Gregor legte seinen Kopf in meinen Schoß. Unter den Augenlidern zuckten seine Pupillen.

»Woher wußtest du, daß sie vom Dach fallen würde, woher wußtest du, daß sie dort stand?« sagte ich und drückte zwei Finger auf seine Augenlider, kurz hielten die Pupillen still.

»Wer ist der Klabautermann?« fragte ich. »Und was ist mit diesem Mädchen passiert?«

Ich wiederholte die Sätze, bis meine Lippen träge wurden. Es war das letzte Mal, daß Gregor und ich in einem Bett schliefen.

Seit Evà fort war, begann Lina zu verwahrlosen. Ich überließ sie Gregor, aber auch er wußte nicht, wie er ihr helfen konnte, keiner von uns wußte das.

Ich stand auf der anderen Straßenseite, da, wo manchmal unsere Mutter gestanden hatte, und suchte Lina zwischen den vielen Schülern, die mittags vom Pausenhof strömten. Meine Schwester, die früher Shorts und meine aussortierten T-Shirts getragen hatte, zog sich helle kurze Röcke an und band ihr Haar zurück. Sie zwang ihre Wildheit in Mädchenkleider und Zöpfe, aber ich sah die Schneidezähne, die leicht übereinanderstanden, die aufgerissenen Nähte in der Taille und unter den Armen, die ausgefransten Söckchenränder, die Knoten in ihrem Haar. Ihre Knie waren verschrammt, wenn sie Strumpfhosen trug, zog sich eine Laufmasche über die Wade das Bein hinauf, und in den hohen Schuhen, die Gregor ihr kaufte, ging meine Schwester, als liefe sie über spitze Nägel. Sie furchte ihre Augenbrauen und stand, wie sonst auch, stets inmitten der anderen Schüler alleine.

Gregor holte sie von der Schule ab, lange bevor die letzte Unterrichtsstunde zu Ende war, Lina schwänzte, und in der Küchenschublade stapelten sich die blauen Briefe, die Gregor im Namen unseres Vaters unterschrieb. Zweimal kam mir sein Auto auf der Straße entgegen, als ich Lina abfangen wollte, ich stellte mich in einen Hauseingang. Gregor hupte und fuhr mit meiner Schwester an mir vorbei. Lina saß neben ihm, kaute auf ihrer Unterlippe und starrte aus dem Fenster.

18.

Was gehört zu mir und was zu Lina? Diese Frage habe ich mir oft gestellt, als wir noch die gleichen Kleidergrößen trugen, mit den Fingern von einem Teller aßen und uns dabei mit den Füßen unter dem Tisch anstießen. Aber wären Lina und ich nicht Schwestern, wären wir uns nie begegnet, und falls doch, dann hätten wir kein Wort miteinander gewechselt. Jede hätte die andere nur verstohlen gemustert, vielleicht hätten wir uns aus Versehen in der Spiegelung einer Schaufensterscheibe in die Augen geschaut oder hätten an der Kinokasse dicht hintereinander gestanden und die feinen Haare im Nacken der anderen gesehen. Dann hätten wir den feinen Schweißgeruch der anderen bemerkt und als etwas Vertrautes eingesogen. Nach dem Film jedoch hätten wir verschiedene Ausgänge angesteuert. Wahrscheinlicher aber ist, daß wir uns nie begegnet wären und keine von uns je einen Verlust gespürt hätte.

So wie es aber aussah, bildeten Lina und ich auch jetzt noch eine Einheit, obwohl ich sie Gregor ganz überließ. Lina trug nach wie vor meine Kleider, benutzte mein Parfum. Sie nahm meinen Platz in Gregors Wohnung ein, sie konnte das, weil ich auszog, in ein anderes Stadtviertel. An einem Morgen, als Gregor meine Schwester so wie immer von der Schule abholte, packte ich meine Sachen in zwei blaue Müllsäcke, nahm ein Taxi und zählte die Minuten, die der Wagen von Gregors Haustür zu meiner unterwegs war.

Nachts war meine Einzimmerwohnung stiller als die leeren, weiten Räume, in denen Gregor sich aufhielt. Das einzige, was in meinem Haus Geräusche machte, war die Toilettenspülung des Mieters über mir. Weil ich an Evàs Worte dachte, daß immer das wichtig sei, was man in der ersten Nacht in einer neuen Wohnung träumte, legte ich Stift und Papier bereit, aber in der ersten unangenehmen Morgenhelligkeit erinnerte ich mich an nichts außer an die Stille, die auch meine Träume dumpf und leer gemacht hatte. Draußen schlug ich automatisch den Weg zu Gregor ein. Ich klingelte, Gregor hielt mir die Tür auf, aus der Küche roch es nach frischem Kaffee.

»Ich muß aufs Klo«, sagte ich und schob mich an ihm vorbei. Im Bad lag ein Stapel benutzter Bettwäsche, das Kopfkissen roch nach mir, nur intensiver, weil mein Parfum sich anders mit Linas Haut verband. Gregor sollte der Körper sein, der die Wärme von einer zur anderen transportierte, so hatte ich es mir vorgestellt, als meine Schwester auf dem Dach in Gregors Arme fiel. Aber diese Wärme ging zwischen mir und ihm verloren. Ich wehrte ihn ab, wenn er beiläufig und ohne etwas zu wollen die Hand nach mir ausstreckte. Ich konnte ihn nicht mehr berühren, und ich wollte auch nicht, daß Lina es tat. In der Küche hantierte Gregor mit den Tassen, schenkte Kaffee ein, stellte sie nebeneinander auf den Tisch, zog den Stuhl heran und legte seine schmalen langen Hände auf die Lehne. Am Kühlschrank hingen

Paßphotos. Linas Haarteppich verdeckte Gregors Gesicht, nur die linke Kinnpartie war zu sehen, auf einem anderen schaute sie ernst in die Kamera und spitzte die Lippen. Lina war immer und überall anwesend, so wie hier, an Gregors Kühlschrank, mit einem gelben Magneten am Kopf. Ich riß einen Zettel von seinem Notizblock, schrieb meine neue Adresse darauf und heftete ihn über das Gesicht meiner Schwester.

»Damit Lina weiß, wo ich bin«, sagte ich zu Gregor.

Schon im Treppenhaus hörte ich das Telefon, ich ging langsamer, wartete vor meiner Tür, bis der Anrufbeantworter wieder aussprang. Auf dem Band war Vaters Stimme, und sie klang anders, als ich sie in Erinnerung hatte. Die zweite Nachricht war von Lina, im Hintergrund rauschte es, und meine Schwester klang zu fröhlich: »Ich bin' s, ich warte hier auf dich, du weißt ja, wo.«

Ein Kratzen von Metall auf Metall, ein Hupen, ich hörte das Klacken, wie das Geld durchlief, dann stoppte das Band.

Vater saß mit dem Rücken zur Tür an einem der hinteren Tische. Sein Haar war dünn, auf dem Hinterkopf schimmerte die Kopfhaut durch. Am Tresen bestellte ich mir einen Wein, nahm die Serviette und das Glas und stellte es mit einem Schwung auf den Tisch.

Vater zuckte zusammen, als ich mich ihm gegenübersetzte, dann lächelte er.

»Da bin ich«, sagte ich.

»Du hast gekleckert«, sagte er.

»Ich weiß.«

Außer Vater und mir saß nur ein junges Pärchen am Tisch unter dem Fenster und flüsterte vertraut miteinander. Der Kellner schenkte sich einen Whisky ein und hob das Glas in meine Richtung. Vater legte beide Hände gerade nebeneinander auf die Tischplatte, holte Luft, dann griff er nach meinem Weinglas, trank mehrere große Schlucke und stellte es in den roten Kreis zurück, der sich auf der Tischdecke um das Glas gebildet hatte, und legte seine Hand wieder gerade neben die andere.

»Daß Evà ausgezogen ist, weißt du«, sagte er und nickte.

Vater schien mit seinen langen Gliedmaßen in dem kleinen Sessel, in dem er saß, so unbeholfen. Als Kind hatte ich ihn immer für groß gehalten. Der Graben zwischen seinen Beinen, in den der Reiter vor dem Zubettgehen fiel, war höllisch tief, und jedesmal schrie ich laut auf, wenn Vater »Plumps« sagte und die Knie auseinanderriß. Jetzt war Vater nur noch wenige Zentimeter größer als ich. Er saß mir gegenüber, sein kleiner Bauchansatz war zu sehen, er schaute hoch und hob eine Augenbraue, als ich mich räusperte.

»Mein Flug geht morgen«, sagte er.

»Wohin?« fragte ich.

»Ich habe die Sachen eurer Mutter in das Zimmer von Evà gestellt«, sagte Vater.

»Ja«, sagte ich und trank den Wein aus.

»Evàs Sachen in Mutters Zimmer, meinst du«, sagte ich, Vater reagierte nicht. Er fuhr sich mit der Hand über die Augen.

Wir saßen uns gegenüber, ab und zu nickte er, dann hob er den Kopf und lächelte mir zu. Draußen liefen Menschen in Kapuzenjacken vorbei, die Laternen gingen flackernd an, obwohl es noch hell war, hinter den Häuserzeilen schoben sich Wolken übereinander, kurz dachte ich an Gregor und an Lina. Ich hatte die Stimme meiner Schwester im Ohr: »Ich warte hier auf dich.« Die ersten Regentropfen schlugen an die Scheiben, der Kellner stand auf und zündete reihum die Teelichter auf den Tischen an. Auf dem Klo vermied ich den Blick in den Spiegel, hielt meine Hände unter den Heißlufttrockner, bis sie warm waren, und als ich zurückkam, war Vater aufgestanden, trug seine Schiebermütze und den grauen Schal und hielt mir meine Jacke entgegen. Er dirigierte meinen linken Arm, der sich immer wieder in der Innentasche verfing.

»Gute Reise«, sagte ich und küßte ihn auf die Wange, die weich war und etwas kratzig und vertraut nach Rasierwasser roch.

Als ich an der Schnellstraße ankam, stand Lina barfuß auf dem Betonpfeiler der Fußgängerbrücke. Sie klammerte ihre Zehen um den Rand des Pfeilers wie ein Äffchen, in der Linken wog sie einen Stein, als prüfe sie sein Gewicht, hinter ihr hing ein Rest Abendsonne in den Hochhausfenstern.

Ich zog meine Schuhe aus und kletterte neben sie. Lina sah mich an. Ich drückte meinen Rücken durch und mußte mich vorsehen, möglichst nicht direkt nach unten zu schauen.

»Gut, daß du da bist«, sagte Lina, wechselte den Stein in die andere Hand und schloß ihre verschmutzte Linke um meine Rechte. Unter uns fuhren die LKWs in Kolonnen, auf einem Laster klebten riesige Orangen mit lachenden Gesichtern.

»Und jetzt?« sagte ich.

Lina schloß die Augen, sie streckte die Hand aus, ein Windstoß fuhr mir über den Kopf, faßte ein paar von Linas roten Locken und trieb abendliche Schneeflocken mit sich. Meine Füße wurden taub, ich kippelte, Lina verstärkte ihren Griff, ihre Fingernägel gruben sich in mein Handgelenk.

»Wenn man nach unten sieht, ist da immer dieser Reflex«, sagte sie, »also schau lieber geradeaus.«

»Was für ein Reflex?«

»Zu springen. Weil da unter dir soviel Platz ist.«

Ich hob das Kinn und heftete den Blick auf das Ende des Autobahnzubringers, auf die Schlange der roten Rücklichter.

»Ja oder nein«, sagte Lina, »du führst die Sätze zu Ende. Für jeden hast du drei Sekunden Zeit.«

»Nein«, sagte ich.

»Gut«, sagte Lina, »dann fangen wir an.«

»Du denkst an mich, wenn«, sagte Lina.

»Ich nichts Besseres zu tun habe«, sagte ich.

Lina hielt meinen Arm umklammert.

»Du mußt die Wahrheit sagen«, sagte sie.

»Du erinnerst dich an.«

»Alles.«

»Lieber hättest du.«

»Deine Haare und deine Dummheit«, schrie ich, Lina ließ meinen Arm fallen und sah mich an. Sie blinzelte, griff nach meinem Handgelenk und schloß ihre Finger darum.

»Eine Schwalbe macht.«

»Noch keinen Sommer.«

»Und Lügen.«

»Haben kurze Beine.«

Lina wollte mich ablenken, ich beobachtete sie aus den Augenwinkeln.

»Eigentlich geht es immer nur um.«

»Keine Ahnung«, sagte ich, »das würde ich auch gerne wissen.«

»Denk nach«, sagte Lina und zählte laut. Bei zwei verstärkte sie den Griff um mein Handgelenk, hob die Schultern, atmete tief ein, schwang die Arme nach hinten und ging in die Knie.

»Lina, was wird das hier«, schrie ich gegen den Autolärm an.

Lina atmete prustend aus. Sie drehte den Kopf, schloß die Augen und streckte den rechten Arm gerade über das Geländer.

»Warum fragst du mich nicht nach Gregor, nach diesem Mädchen, das kann dir doch nicht alles egal sein.«

Ich riß an meinen Fingern.

»Drei«, sagte Lina und öffnete die Hand.

Und dann saßen wir im letzten Zimmer von Gregors Wohnung, die wieder Gregors Wohnung war, nicht mehr seine und meine, allenfalls Linas und seine, am offenen Fenster, und Lina wickelte sich immer dichter in das Federbett ein, das ich ihr gegeben hatte. Ihr Fuß wippte unter der Daunenschicht auf und ab, und Linas grüne Augen waren auf einmal nur noch von der Farbe fauligen Wassers, Bakterien darin, Schlamm und Moos, die Pupillen wurden zu zwei Punkten in der moorfarbenen Iris, Lina zog die Augen zu Schlitzen zusammen und starrte mich an.

»Warum machst du das?« fragte ich.

»Weil ich muß«, sagte sie. Sie sah ganz normal aus dabei, weder ängstlich noch übermütig.

»Ich meine das ernst«, sagte ich und schaute an ihr vorbei auf die Mauer. Da gab es nichts zu sehen.

»Wir brauchen immer ein Gegenteil«, sagte sie, »wenn das aber immer schon da ist, dann muß man etwas anders finden.« Sie lachte tonlos, schob sich den Daumen in den Mund und kaute an der Nagelhaut herum.

»Laß das«, sagte ich.

»Laß das, Lina, laß das«, äffte sie mich nach.

»Was soll das heißen?« fragte ich.

Lina zog den Daumen aus dem Mund, wischte ihn am T-Shirt ab, nahm ihre andere Hand von meinem Unterarm und schob beide Arme unter die Decke.

»Kalt hier«, sagte sie, diesen Satz kannte ich nicht von ihr. Ich stand auf und schloß die Fensterläden. Ich musterte meine Schwester, ihre dünnen Oberarme, ihr zartes selbstzufriedenes Lächeln.

»Du mußt überhaupt nichts«, sagte ich, »aber das, was du solltest, das traust du dich nicht.«

»Das da wäre?« fragte Lina und kniff die Augen noch weiter zusammen.

»Einsehen, daß du an allem schuld bist.«

Lina hatte eine Gänsehaut. Ihre Lippen hatten sich blau verfärbt. Ich drehte die Heizung hoch, zog meine Jacke an. Als ich hörte, daß Gregor die Treppe hinaufkam, ging ich. Ich lief an ihm vorbei, über die Straße zur Bushaltestelle, ohne nach rechts und links zu sehen. Ich hatte gedacht, daß Lina sich nicht mehr für Gregor interessieren würde, wenn ich es auch nicht mehr tat, aber das wäre zu einfach gewesen. Für Lina gab es nie ein Zurück, diese Möglichkeit existierte für sie nicht.

Draußen am See legte sich das letzte Licht auf die Wasseroberfläche, und die Dinge verloren ihre eindeutige Spiegelung. Ein paar Enten quakten, in den Schrebergärten hinter mir verbrannte jemand das zusammengekehrte Laub. Ich setzte mich ans Ufer und warf Steine, mit jedem Aufspringen auf die Wasseroberfläche zählte ich uns gegeneinander aus. Evà, Gregor, Lina, Vater, Mutter, ich. Gregor, Lina, ich, Gregor, Lina. Lina, ich, Lina, ich, Lina. Ein halbes Ich, ein langsames Sinken des Steins durch die Wasserhaut.

Ich stand auf, lief durch den Wald, kletterte über den Zaun und ging über die Veranda ins Haus. Die Fenster hatte Vater mit Kreppband verklebt, nirgendwo brannte Licht. Ich wollte Evà sehen, Kaffee mit ihr trinken oder Wein, ihr beim Zigarettendrehen zuschauen oder meinen Kopf über die Badewanne halten, Evàs Hände im Haar, der Geruch nach Hagebuttenshampoo, das Evà gekauft hatte. »Für die drei Frauen im Haus«, hatte sie gesagt. Sogar Lina wusch sich damit. Ich ging durch die Küche, stieß im Vorbeigehen gegen eine Plastiktüte voll Pfandflaschen, es schepperte, aber niemand war da, der sich darüber hätte aufregen können.

Der Nachbar ließ knatternd die neuen Außenjalousien herunter.

Vom See her wehte Rauch über den Wald und glich sich den aufziehenden Abendwolken an.

»Wir sind nicht teilbar, Gregor, das waren wir nie«, sage ich jetzt, hier, auf der Veranda zu ihm, auf der ich so oft mit Lina gesessen habe, und ich weiß, daß dieser Satz keinen Sinn mehr ergibt. Ich will, daß Gregor geht und uns alleine läßt.

19.

In der Nacht fror dem See das erste Mal in diesem Jahr eine dünne Haut aus Eis, die sich am nächsten Morgen mit Wasser überzog und brach. Ich stellte mich in einem T-Shirt von Lina vor den Spiegel und suchte nach einer Ähnlichkeit zwischen ihr und mir. Dann öffnete ich das Fenster, nahm die Butterbrotpapiere mit den Zeichnungen meiner Mutter, riß sie in Fetzen und übergab sie dem Wind. Nur eines, auf dem Mutters Mund in krakeligen Umrissen zu sehen war, hob ich auf, faltete es und schob es in meine Hosentasche. Linas T-Shirt saß unter den Armen sehr eng. Ich ging hinunter in Vaters Arbeitszimmer an den Dokumentenschrank, schob die Büroklammern und Ersatzfarbrollen beiseite und nahm das braune Arzneifläschchen, das Vater immer noch dort aufbewahrte. Auf dem Etikett grinste ein Totenkopf. Vor dem Haus schob ein Kind eine Holzente am Stab vor sich her, sie hatte Füße aus Gummi, die bei jeder Umdrehung auf den Kies flappten. Das Kind blieb stehen und starrte mich an. Es kniff die Augen zusammen, seine Nasenflügel zitterten, die Ohren standen ein wenig ab, ein Faden Spucke lief ihm aus dem Mundwinkel auf die Jacke. Ich suchte die Veranda nach Mirabellen ab, nach Kastanien oder nach einem Brennesselstrauß, aber da war nichts. Bevor ich um die Kurve bog, sah ich mich noch einmal um. Das Kind war vor unserem Gartenzaun stehengeblieben. Es hatte die linke Hand zur Faust geballt, in der rechten hielt es den Holzstab mit der Ente und schaute mir nach.

Vater schickte Postkarten mit kleinen, sorgfältig ausgeschnittenen Zetteln, die er auf die Rückseiten der Karten klebte. Darauf standen kurze Sätze, die er mit der Reiseschreibmaschine getippt hatte. Auf den Karten waren die immer gleichen Sonnenuntergänge und Stadtmauern aus gelbem Stein zu sehen, auf Höhe des Horizonts stand die Adresse in Spiegelschrift, weil Vater beim Schreiben den Kugelschreiber zu stark aufdrückte. Einmal in der Woche weckte mich das Klappern des Briefschlitzes an der Wohnungstür, begleitet von einem leisen Flattern, wenn die Karte auf die Dielen fiel.

Gregor rief an. Lina nicht. Gregor erzählte mir von meiner Schwester, von ihren schmalen Knöcheln in seinen Händen und daß sie nur selten einmal lachte. Einmal sprach Gregor von einem Traum, in dem ein Mädchen mit einem anderen Mann schlief, während er ihr dabei zusah. Anschließend wickelte er sie in eine Decke und küßte immer wieder ihre Stirn, während sie sich hin und her wiegte.

»So bist du nicht«, sagte ich.

»Nein«, sagte Gregor, »und ich will auch nicht so sein.«

Trotzdem wußte ich, daß Lina es ohne zu Zögern für ihn machen würde, sie konnte nicht glücklich sein mit

Gregor, aber sie konnte es sich einbilden, weil sie längst über jedes Spiel hinaus war.

Lina nahm ab. Sie aß nur dann, wenn Gregor sie darum bat. Ich fragte ihn nach meiner Schwester aus, weil ich nur noch durch ihn etwas über sie erfahren konnte, und Gregor beantwortete jede meiner Fragen, ohne zu zögern. Lina klammerte im Schlaf ihre Beine um seinen Körper, sie schwieg und kämmte sich stundenlang ihr Haar. Einmal verschwand sie eine Nacht lang, und Gregor fuhr mit dem Auto umher und suchte sie. Am Morgen saß sie auf der Treppe vor seiner Wohnung, mit nassen Haaren und einem breiten Grinsen.

»Ich hätte sie erschlagen können«, sagte Gregor und zog Luft durch die Zähne. Lina hatte sich schon geduckt.

»Ich habe die Tür aufgeschlossen, habe ihr Tee gekocht, aber sie hat sich auf der Stelle in den nassen Kleidern schlafen gelegt«, sagte er.

Eine Woche lang legte ich den Hörer neben das Telefon, weil ich Angst davor hatte, was Gregor mir erzählen würde.

In meinen Vorstellungen war Gregor der Stärkere, und Lina unterlag ihm immer. Es waren gewalttätige Vorstellungen, wie ich sie als Kind hatte, wenn ich im Garten saß und die groben roten Hände unseres Nachbarn sah, wenn die Kette der Schaukel quietschte oder wenn ich an eines der Tiere im Wald dachte, das den Boden nach Beeren oder Nüssen durchwühlte. Diese Mischung aus Kinderphantasien und Schatten, aus denen fremde Hände auftauchten und mich auf den Waldboden drückten, so daß mir die Luft wegblieb, machte mir angst.

Dann klingelte es.

»Wir sollten uns sehen«, sagte Gregor und schob einen Fuß in die Tür. Aus dem Treppenhaus zog der Geruch von Mittagessen in meine Wohnung, ich klemmte seinen Fuß ein, weil er dort wie ein Versprechen stand, das ich nicht haben wollte.

»Gregor«, sagte ich. Er ging zwei Schritte zurück.

»Deiner Schwester zuliebe«, sagte er.

»Sie braucht niemanden, der für sie spricht«, sagte ich. Gregor machte ein Geräusch mit den Zähnen, es klang unentschlossen, es hätte bedrohlich klingen können, wenn es nicht aus seinem Mund gekommen wäre.

»Du bist wie ein Kind, das wenn es die Augen schließt glaubt, es sei nicht da, nur weil es sich selbst nicht mehr sieht«, sagte Gregor.

Einige Tage bevor ich zu Hause auszog und meine Schwester alleine ließ, stand ich mit Vater vor dem Haus. Die Blätter fielen mit der Unterseite nach oben auf das Pflaster. Sie fielen und fielen, und Vater kramte in seiner Hosentasche, zog einen Zettel hervor, auf dem eine Nummer stand, und legte ihn mir in die Hand. Er trug einen Pullover mit großen braunen Rauten in den Farben der herabfallenden Blätter, und wäre dieser Zettel mit Mutters Telefonnummer nicht gewesen, die er schon lange bei sich trug und die auch Lina längst kannte, hätte es ein schöner Tag sein können. Aber beinahe jeder Tag, den ich zu Hause verbrachte, bekam früher oder später etwas Bedrängendes. So wie auch dieser Tag, an dem Gregor schließlich vor meiner Tür stand. Und weil ich die Geschichten, die Gregor mir von Lina erzählte, nicht mehr ertrug, ging ich am Abend in diese Kneipe, die Gregor vorschlug. Ich wusch mir stundenlang die Haare, obwohl ein Schwall Wasser ausgereicht hätte, ich schminkte mich für Lina, weil ich wollte, daß alles gut würde, bald. Ich steckte die Flasche mit dem Dormicum aus Vaters Schrank in meine Jackentasche und küßte meine Schwester zur Begrüßung auf den Mund. Lina lachte, leckte sich über die Lippen und leerte ihr drittes Glas Wein in einem Zug. Sie hatte ihr Haar zurückgebunden und im Nacken zu einem Knoten gesteckt, ihre Augen lagen tief in den Höhlen, was ich auf das Licht im Lokal schob.

»Ich langweile mich«, sagte Lina in ihrer Vaselinestimme, die sie schon damals besaß, als sie in der Küche mit Gregor telefonierte und die eine halbe Oktave höher war als ihre Stimme sonst.

Gregor schenkte mir Wein aus der Karaffe nach. »Schön, daß du da bist«, sagte er, stand auf, stieß im Vorbeigehen mit einem Barhocker zusammen und verschwand auf dem Herrenklo. Lina beugte sich über den Tisch und legte ihre Hand auf meinen Kopf.

»Ich mag diese Stacheln«, sagte sie. Ihre Hand fühlte sich vertraut an, ich schob sie weg, Lina lehnte sich zurück und sah mich an. Ihre Unterlippe zuckte, ich streckte den Arm aus, legte meinen Zeigefinger auf ihren Mund, Lina drückte ihre Lippen an meinen Finger. Dann ließ Gregor sich neben sie auf das Sofa fallen, und ich zog meine Hand weg oder Lina ihren Mund.

Wir schwiegen, und Gregor rauchte, und später an diesem Abend passierte etwas, das nicht hätte geschehen dürfen. Gregor und Lina gingen zusammen an die Bar, um neuen Wein und Zigaretten zu holen, Lina hielt sich an Gregors Arm fest, sie schwankte leicht. Ich griff nach Gregors Glas, in dem noch ein Rest Wein war, löste das Dormicum darin auf. Gregor kam mit der vollen Karaffe an den Tisch, schenkte uns nach, nahm einen großen Schluck, dann preßten Gregor und Lina ihre Münder aufeinander, der Wein floß hin und her und tropfte auf ihr T-Shirt und auf Gregors Hemd.

Ich wollte schreien, ich wollte ihr das Glas aus der Hand schlagen, aber statt dessen sah ich nur zu, wie sie den letzten Schluck trank, den Gregor übrig gelassen hatte. Lina hing in den grünen Polstern und summte.

»Ich will ihn doch gar nicht«, sagte Lina, als wir schließlich vor der Kneipe standen. Ich hatte ihr einen Kuß gegeben, und Lina hatte mit der Hand ihre Wange saubergewischt. Sie hakte sich bei mir unter für die wenigen Schritte zu Gregors Auto, sie roch nach Hagebutte, und sie sagte diesen Satz, strauchelte kurz, ich hielt sie fest, und Lina lachte auf.

»Dich will ich«, sagte sie und schloß die Augen.

Gregor beobachtete uns. Er schloß das Auto auf, drehte den Zündschlüssel, das Radio sprang an, dann die Standheizung. Gregor lehnte sich gegen das Autodach.

»Lina«, sagte ich.

»Ja«, sagte meine Schwester.

»Schau mich an.«

Lina schüttelte den Kopf.

»Wir müssen weitermachen«, sagte Lina. Sie lachte und drehte den Kopf von einer Seite zur anderen.

»Du würdest doch nie dort liegenbleiben, versprich mir das«, sagte ich. Lina öffnete die Augen und sah mich fest an.

Gregor stieg ins Auto. »Ich wäre gerne wie du«, flüsterte Lina, setzte sich neben Gregor, schlug die Tür zu und sah geradeaus durch die Scheibe in den Schnee, der, als wir in der abgedunkelten Kneipe saßen, zu fallen begonnen hatte und der die Geräusche noch nicht zu schlucken vermochte. Gregor wendete, hupte und bog an der nächsten Hausecke in eine Seitenstraße ab, um den Weg nach Hause abzukürzen. Das war das letzte Mal, daß ich Lina sah.

Ich weiß nicht, was danach passiert ist, aber vielleicht wollte Lina mir beweisen, daß ihre Gefühle zu mir über ihre Gefühle für Gregor hinausgingen. Wir hatten uns beide aus den Augen verloren.

In meiner Vorstellung fuhren Gregor und Lina im Schrittempo den Kiesweg hinauf. Im Licht der Straßenlaterne blieb ein Tier stehen, eine Katze, ein Marder, Gregor hupte, und das Tier huschte in die Büsche am Straßenrand. Sie stiegen aus, gingen die Treppe hinauf, Gregor fiel, ohne sich auszuziehen, aufs Bett, und Lina blieb in der Tür stehen, bis er eingeschlafen war. Dann drehte sie sich um, öffnete die Tür zu unserem Kinderzimmer, das Licht eines vorbeifahrenden Autos floß über die Wände. Lina zog sich aus, die Jeans, den gelben Pullover, die Socken, im Bad legte sie einen von Vaters Einwegrasierern auf den Waschbeckenrand, nahm die Schere aus dem Arzneischrank, schloß die Augen, faßte die Haare im Nacken zusammen und schnitt sie mit drei Schnitten ab. Dann weiter, einzelne Strähnen, die den Abfluß des Waschbeckens verstopften. Sie ließ Wasser ins Becken laufen, cremte sich mit dem Rasierschaum ein und fuhr mit dem Einwegrasierer langsam und genau über ihren Kopf.

Lina lächelte ihrem müden Spiegelgesicht zu. Aus der Kommode am Fußende des Bettes nahm sie meinen Schal, zögerte, legte ihn zurück, zog auch noch ihr Hemd aus, dann lief sie auf Zehenspitzen die Treppe hinunter.

Die Haustür klappte.

Schritte im knirschenden Schnee.

Ihr kahler Schädel von hinten, im Licht der Straßenlaterne, der in der Silhouette gegen das Weiß des Schnees jetzt meinem so sehr glich.

Gregor sagt nichts zu alldem, und weil er nichts sagt, weiß ich nicht, was ich denken soll. Er steht neben mir und hört mir zu. Ich halte mich an der Holzumrandung der Veranda fest. »Was war mit dem Mädchen, Gregor?« sage ich.

»Nichts«, sagt er, »es hat sie nie gegeben.«

»Das stimmt nicht«, sage ich.

»Glaub, was du willst«, sagt Gregor.

20.

Lina und ich erzählten uns früher vor dem Einschlafen Geschichten, eine gab der anderen ein Wort.

»Gestern«, sagte ich.

»Warst du nicht da«, sagte Lina.

»Vorgestern«, sagte ich.

»Vorgestern ist keine Kategorie, in der ich denken kann«, sagte meine Schwester und zog die Nase hoch, »weil vorgestern länger als einen Tag her ist. Ich merke mir nicht, was da passiert ist.«

»Das stimmt nicht«, sagte ich, »du merkst dir immer alles.«

»Ich bin an der Reihe. Lichtgestalt«, sagte Lina, sie hatte das Wort irgendwo gelesen.

»Unsere Mutter«, sagte ich, und Lina lachte.

»Du bist dumm«, sagte sie.

Ich schwieg, Lina rieb ihre Füße unter der Decke aneinander und räusperte sich.

»Lichtgestalten sind das gleiche wie Untote«, sagte ich, »sie sind fast durchsichtig, und in ihren Adern fließt Wasser statt Blut.«

Das hatte ich im Lateinunterricht gelernt.

»Weiter«, sagte Lina.

»Sie werden gesucht«, sagte ich, »weil sie gebraucht werden. Sie sind so etwas wie Schutzengel, aber man muß wissen, daß sie da sind, und wenn sie nicht rechtzeitig gefunden werden, dann weichen ihre Gliedmaßen auf, die Arme, die Beine, die Knochen verbiegen sich, und alles Zarte verflüssigt sich, die Haare, die Schenkel, Hände und Füße, die Schultern und der Nacken.«

»Das Gesicht, was ist mit dem Gesicht?« fragte Lina.

»Das auch«, sagte ich.

Lina schwieg, ich hörte, daß sie an ihren Nägeln kaute.

»Sie werden immer gefunden, immer«, sagte Lina, »sonst ergibt es keinen Sinn. Sag mir ein Wort.«

»Irrlichter«, sagte ich.

»Phosphoreszierender Nebel, der bei windstillem Wetter von flachen Gewässern aufsteigt«, sagte Lina, »oder der Geist eines Mörders, buhuu.« Sie lachte.

»Gutnacht«, sagte sie und warf mir eine Kußhand zu.

»Ja, gutnacht«, sagte ich und fing den Kuß mit dem Mund auf. Die Luft schmeckte nach den verkohlten Holzscheiten der Osterfeuer, die an diesem Abend überall in den Schrebergärten angezündet wurden.

Heute morgen hat Gregor meine Schwester gefunden. Er hat mich angerufen, seine Stimme klang rauh und gehetzt. »Komm her«, sagte er, »sofort«, und ich bin hinaus gefahren, in das Haus unserer Eltern, und habe mich hier auf die Veranda gesetzt, auf der Gregor und ich uns nun mürbe geredet haben. Gregor hat mir eine Decke geholt, die ich auf dem Boden liegen gelassen habe, ich wollte es nicht mehr warm haben. Bevor ich hinausgefahren bin, habe ich Mutters Nummer gewählt, weil ich dachte, daß sie wissen müßte, was passiert sei, mit uns.

Mit Lina. Ich lauschte auf das Freizeichen im Hörer, zählte mit, aber ich legte auf, bevor jemand abheben konnte.

21.

Lina trieb auf dem Rücken, die Beine leicht gespreizt, die Hände hingen unterhalb der Hüfte.

So hat Gregor es erzählt, als ich hier ankam. Ich war um das Haus herumgegangen, meine Jacke verfing sich in den Brombeerranken, als ich durch die Hecke in den Garten stieg und Gregor dort stehen sah, meine nackte Schwester auf dem Arm.

Die Flecken am Hals seien ihm erst nicht aufgefallen, zu blaß, zu violett, in diesem Tümpel erkenne man nichts. Ein Flußkrebs hatte sich in ihren Fuß verbissen. Vielleicht ist sie auf einer Eisscholle durch den Wald getrieben, vorbei an den Hütten der Schrebergärten, die um diese Jahreszeit leerstehen, unter der Brücke hindurch und ins tiefere Wasser des Sees, hat sich dann im Schilf der Flußmündung verfangen, bis die Scholle unter ihr geschmolzen und der Körper ins Wasser geglitten ist. Mit den abgeschnittenen Haaren sah sie aus wie ein Junge, ein Knabe von vielleicht zwölf Jahren, wären da nicht die Brüste mit der blassen Haut gewesen, durch die die Adern schienen, das rote Schamhaar, zu einem Streifen rasiert.

Gregor hat es mir so geschildert, immer wieder, bis ich ihn angeschrien habe, daß er aufhören solle. Vom Ufer stiegen Vögel auf, zogen einen Kreis um den See und über dem Wald. Ich habe ihnen nachgesehen, bis ich sie am Himmel nicht mehr ausmachen konnte.

Jetzt, wo ich nichts mehr erzählen kann, weil ich alles über uns erzählt habe, ist er hineingegangen, um die Polizei anzurufen. Während ich auf Gregors ruhige Stimme lausche, wie er am Telefon spricht, glaube ich hinten, auf dem Weg zwischen den Bäumen, meine Schwester zu erkennen. Ich will ihren Namen rufen, bereit zu lachen wie über einen Kinderstreich. Ganz so, als könnten wir jetzt, in diesem Augenblick, noch einmal von vorne beginnen und alles gutmachen. Aber der Schatten verschwindet, und ich fühle mich im Stich gelassen.

»Ist dir sonst noch etwas aufgefallen?« frage ich Gregor, der aus dem Haus kommt und mich ausdruckslos und müde ansieht. Gregor schüttelt den Kopf, lehnt sich an das Geländer der Veranda und blickt in die Leere, die hinter dem Garten über dem Wald beginnt. Gregor beugt den Rücken, legt die Arme auf die Holzumrandung, unter seinen Armen sind dunkle Flecken. Nichts an ihm erinnert an meine Schwester.

Wir könnten hineingehen, die Tür mit dem Fliegengitter zuziehen, hinauf in die erste Etage, wo Lina liegt. Mit aufgequollenen Gliedmaßen und blauen Lippen.

Ich habe sie zugedeckt.

Als ob sie noch frieren könnte.